魔法科高校の劣等生 32

サクリファイス編／卒業編

The irregular at magic high school

佐

illustration／石田可奈
Kana Ishida
illustrator assistant／ジミー・ストーン、末永康子
design／BEE-PEE

KEYWORDS

術式斬懐 ―グラム・スラッシュ―

『術式解体』や『術式解散』と同じ対抗魔法に分類される無系統魔法。『術式解体』の亜種で情報次元に存在する魔法式を想子の刃を使用して斬ることで、魔法を無効化する。

相手を傷つけずに無力化できることから、魔法師犯罪者の鎮圧に最適だと警視庁からも注目されている。

雷獣

周公瑾が得意としていた化成体の獣による攻撃魔法『影獣』をアレンジした魔法。雷撃魔法を被せることで、令牌から電光を纏った獣を呼び出す。

『雷獣』は高電圧を帯びており、獣の姿は虚像であるが、その表面に纏う電気は実在している。『雷獣』の通った空気はイオン化され、電流の通り道を作ることができる。雷撃魔法と合わせることで、収束・誘導の魔法を行使せず標的をとらえることが可能となる。

接触型術式解体

身体の五十センチを境界に完全に均質な高密度の想子層を生成することで、空気中の想子を撥ね返す鎧を作り出す魔法。『術式解体』を体に纏っている状態で、空気中の想子を撥ね返すことで、魔法を無効化する。

十三束鋼が同様の魔法を体質によって使用しているが、達也は高度な技術で想子をコントロールし実現している。

The irregular
at magic high school

ある欠陥を抱える劣等生の兄。
全てが完全無欠な優等生の妹。
二人の兄妹が魔法科高校に入学した時から、
波乱の日々の幕が開いた——。

魔法科高校の劣等生 32

The irregular at magic high school

サクリファイス編／卒業編

佐島勤
Tsutomu Sato
illustration
石田可奈
Kana Ishida

Character
キャラクター紹介

司波達也《しば・たつや》
3年E組。全てに達観している。
妹・深雪を守るべき存在として
認識している。

司波深雪《しば・みゆき》
3年A組。達也の妹。
一昨年主席入学した優等生。
冷却魔法が得意。兄を溺愛する。

西城レオンハルト《さいじょう・れおんはると》
3年F組。達也の友人。
二科生生徒。硬化魔法が得意な、
明るい性格の持ち主。

千葉エリカ《ちば・えりか》
3年F組。達也の友人。
二科生生徒。チャーミングな
トラブルメーカー。

柴田美月《しばた・みづき》
3年E組。達也の友人。
霊子放射光過敏症。
少し天然が入った真面目な少女。

吉田幹比古《よしだ・みきひこ》
3年B組。古式魔法の名家。
エリカとは幼少時からの顔見知り。

光井ほのか《みつい・ほのか》
3年A組。深雪のクラスメイト。
光波振動系魔法が得意。
思い込むとやや直情的。

北山 雫《きたやま・しずく》
3年A組。深雪のクラスメイト。
振動・加速系魔法が得意。
感情の起伏をあまり表に出さない。

英美＝アメリア＝ゴールディ＝明智《えいみ・あめりあ・ごーるでぃ・あけち》

3年B組。クォーター。
普段は『エイミィ』と呼ばれている。
名門ゴールディ家の子女。

里美スバル《さとみ・すばる》

3年D組。
美少年と見まごう少女。
明るくノリの良い性格。

森崎 駿《もりさき・しゅん》

3年A組。深雪のクラスメイト。CAD早撃ちが得意。
一科生としてのプライドが高い。

桜小路紅葉《さくらこうじ・あかは》

3年B組。スバル、エイミィの友達。
私服はゴスロリ風で、テーマパーク好き。

十三束 鋼《とみつか・はがね》

3年E組。『レンジ・ゼロ』(射程距離ゼロ)の異名を持つ。
『マーシャル・マジック・アーツ』の使い手。

七草真由美《さえぐさ・まゆみ》

卒業生。今は魔法大学生。
小悪魔的な性格を持つものの、
攻められると弱い。

中条あずさ《なかじょう・あずさ》

卒業生。前・生徒会会長。
オドオドした性格で引っ込み思案。

市原鈴音《いちはら・すずね》

卒業生。今は魔法大学生。
冷静沈着な頭脳派。

服部刑部少丞範蔵《はっとり・ぎょうぶしょうじょう・はんぞう》

卒業生。前・部活連会頭。
優秀だが、生真面目すぎる一面も。

渡辺摩利《わたなべ・まり》

卒業生。真由美の親友。
物事全般にやや好戦的。

十文字克人《じゅうもんじ・かつと》

卒業生。現在は魔法大学に進学している。
達也曰く『巌(いわお)のような人物』。

辰巳鋼太郎《たつみ・こうたろう》
卒業生。元・風紀委員。
豪快な性格の持ち主。

関本 勲《せきもと・いさお》
卒業生。元・風紀委員。
論文コンペ校内選考次点。
スパイ行為を犯した人物。

沢木 碧《さわき・みどり》
卒業生。元・風紀委員。
女性的な名前が
コンプレックス。

桐原武明《きりはら・たけあき》
卒業生。関東剣術大会
中等部のチャンピオン。

五十里 啓《いそり・けい》
卒業生。前・生徒会会計。
魔法理論に優れている。
花音とは許嫁同士。

壬生紗耶香《みぶ・さやか》
卒業生。中等部剣道大会
女子部の全国二位。

千代田花音《ちよだ・かのん》
卒業生。前・風紀委員長。
先輩の摩利同様に
好戦的。

七草香澄《さえぐさ・かすみ》
2年生。七草真由美の妹。
泉美の双子の姉。
元気で快活な性格。

七宝琢磨《しっぽう・たくま》
2年生。有力魔法師の家系で
新たに十師族入りした
『七宝』の長男。

七草泉美《さえぐさ・いずみ》
2年生。七草真由美の妹。
香澄の双子の妹。
大人しく穏やかな性格。

桜井水波《さくらい・みなみ》
2年生。達也、深雪の
従妹という立場をとる、
深雪のガーディアン候補。

隅守賢人《すみす・けんと》
2年生。両親がUSNAから
日本に帰化した、白人の少年。

安宿怜美《あすか・さとみ》
第一高校保険医。
おっとりホンワカした笑顔が
男子生徒に人気。

平河小春《ひらかわ・こはる》
卒業生。九校戦では
エンジニアで参加。
論文コンペメンバーを辞退。

廿楽計夫《つづら・かずお》
第一高校教師。
専門は魔法幾何学。
論文コンペの世話役。

平河千秋《ひらかわ・ちあき》
三年生。
達也に敵意を向ける。

ジェニファー・スミス
日本に帰化した白人。達也のクラスと
魔法工学の授業の指導教師。

三矢詩奈《みつや・しいな》
第一高校の『新入生』。
聴覚が鋭敏すぎるため、
イヤーマフを常に着けている。

千倉朝子《ちくら・ともこ》
卒業生。九校戦競技
『シールド・ダウン』の女子ソロ代表。

矢車侍郎《やぐるま・さぶろう》
詩奈の幼馴染みで、
『護衛役』を自称する。

五十嵐亜実《いがらし・つぐみ》
卒業生。元バイアスロン部部長。

五十嵐鷹輔《いがらし・ようすけ》
三年生。亜実の弟。やや気弱な性格。

小野 遥《おの・はるか》
第一高校に所属する
総合カウンセラー。
いじられ気質だが、
裏の顔も持つ。

三七上ケリー《みなかみ・ケリー》
卒業生。九校戦『モノリス・コード』
本戦の男子代表。

九重八雲《ここのえ・やくも》
古式魔法「忍術」の使い手。
達也の体術の師匠。

国東久美子《くにさき・くみこ》
卒業生。九校戦の競技
「ロアー・アンド・ガンナー」にて
エイミィとペアを組む選手。やたらフランクな性格。

一条剛毅《いちじょう・ごうき》

将輝の父親。十師族・一条家の現当主。

一条将輝《いちじょう・まさき》

第三高校の三年生。十師族・一条家の次期当主。

一条美登里《いちじょう・みどり》

将輝の母親。温和な性格で料理上手。

吉祥寺真紅郎《きちじょうじ・しんくろう》

第三高校の三年生。「カーディナル・ジョージ」の異名で知られている。

一条 茜《いちじょう・あかね》

一条家の長女。将輝の妹。中学二年生。真紅郎に好意を抱く。

黒羽 貢《くろば・みつぐ》

司波深夜、四葉真夜の従弟。亜夜子、文弥の父。

一条瑠璃《いちじょう・るり》

一条家の次女。将輝の妹。マイペースなしっかりもの。

黒羽亜夜子《くろば・あやこ》

達也と深雪の再従妹(はとこ)にあたる少女。文弥という双子の弟を持つ。第四高校の生徒。

北山 潮《きたやま・うしお》

雫の父親。実業界の大物。ビジネスネームは北方潮。

黒羽文弥《くろば・ふみや》

元・四葉家の次期当主候補。達也と深雪の再従弟(はとこ)にあたる少年。亜夜子という双子の姉を持つ。第四高校の生徒。

北山紅音《きたやま・べにお》

雫の母親。かつては、振動系魔法で名を馳せたAランクの魔法師。

吉見《よしみ》

黒羽家と縁戚関係にある四葉の魔法師。人体に残された想子情報体の痕跡を読み取るサイコメトリスト。極度の秘密主義。

北山 航《きたやま・わたる》

雫の弟。中学一年生。姉をよく慕っている。魔工技師を目指す。

鳴瀬晴海《なるせ・はるみ》

雫の従兄。国立魔法大学付属第四高校の生徒。

牛山《うしやま》

フォア・リーブス・テクノロジー
ＣＡＤ開発第三課主任。
達也が
信頼を置く人物。

千葉寿和《ちば・としかず》

千葉エリカの長兄。故人。
警察省のキャリア組。

エルンスト・ローゼン

有数のＣＡＤメーカー、
ローゼン・マギクラフト
日本支社長。

千葉修次《ちば・なおつぐ》

千葉エリカの次兄。摩利の恋人。
千刃流剣術免許皆伝で
「千葉の麒麟児」の異名をとる。

九島 烈《くどう・れつ》

世界最強の魔法師の
一人と目されていた人物。
敬意を以て「老師」と
呼ばれる。

稲垣《いながき》

故人。生前は
警察省の警部補で、
千葉寿和の部下。

九島真言《くどう・まこと》

日本魔法界の長老・九島烈の
息子で、九島家の現当主。

小和村真紀《さわむら・まき》

由緒ある映画賞の主演女優部門に
ノミネートされるほどの女優。
美貌だけでなく、演技も
認められている。

九島光宣《くどう・みのる》

真言の息子。国立魔法大学
付属第二高校の二年生だが、
病気がちで頻繁に欠席している。
藤林響子の異父弟でもある。

ピクシー

魔法科高校が所有する
ホームヘルパーのロボット。
正式名称は３Ｈ
〔Humanoid Home
Helper：人型家事手伝い
ロボット〕・タイプP94。

九鬼 鎮《くき・まもる》

九島家に従う師補十八家の一つ。
九島烈を先生と呼び
敬っている。

陳祥山《チェンシャンシェン》
大亜連合軍
特殊工作部隊隊長。
非情な性格の持ち主。

風間玄信《かざま・はるのぶ》
陸軍101旅団・
独立魔装大隊・隊長。
階級は中佐。

呂剛虎《ルゥガンフゥ》
大亜連合軍特殊
工作部隊所属の
エース魔法師。
別名『人喰い虎』。

真田繁留《さなだ・しげる》
陸軍101旅団・
独立魔装大隊・幹部。
階級は少佐。

藤林響子《ふじばやし・きょうこ》
風間の副官を務める
女性士官。
階級は中尉。

周公瑾《しゅう・こうきん》
大亜連合の
呂と陳を横浜に手引きした
美貌の青年。中華街に
巣くっていた、謎の人物。

佐伯広海《さえき・ひろみ》
国防陸軍第101旅団旅団長。階級は少将。
独立魔装大隊隊長・風間玄信の上官。その風貌から
「銀狐」の異名を持つ。

リン
森崎が助けた少女。フルネームは
『孫美鈴(スンメイリン)』。
香港系国際犯罪シンジケート
「無頭竜」の新たなリーダー。

柳 連《やなぎ・むらじ》
陸軍101旅団・
独立魔装大隊・幹部。
階級は少佐。

ブラッドリー・張《ブラッドリー・チャン》
大亜連合を脱走した軍人。階級は中尉。

山中幸典《やまなか・こうすけ》
陸軍101旅団・
独立魔装大隊・幹部。
軍医少佐。
一級の治癒魔法師。

ダニエル・劉《ダニエル・リウ》
チャンと同じく大亜連合の脱走兵。
沖縄での破壊工作の首謀者でもある。

桧垣ジョセフ《ひがき・ジョセフ》
過日における大亜連合沖縄侵攻時に達也と共に戦った
魔法師軍人。「取り残された血統(レフトブラッド)」と
呼ばれる元沖縄駐留米軍遺児の子孫。

酒井《さかい》
国防陸軍総司令部所属。
階級は大佐。
対大亜連合強硬派と
目されている。

新発田勝成《しばた・かつしげ》
元・四葉家次期当主候補の一人。防衛省の職員。
第五高校のOB。
収束系魔法を得意とする。

四葉真夜《よつば・まや》
達也と深雪の叔母。
深夜の双子の妹。
四葉家の現当主。

堤 琴鳴《つつみ・ことな》
新発田勝成のガーディアン。
調整体「楽師シリーズ」の第二世代。
音に関する魔法に高い適性を持つ。

葉山《はやま》
真夜に仕える
老齢の執事。

堤 奏太《つつみ・かなた》
新発田勝成のガーディアン。
調整体「楽師シリーズ」の第二世代。琴鳴の弟で、
彼女と同じく音に関する魔法に高い適性を持つ。

司波深夜《しば・みや》
達也と深雪の実母。
故人。
精神構造干渉魔法に長けた唯一の魔法師。

花菱兵庫《はなびし・ひょうご》
四葉家に仕える
青年執事。
序列第二位執事・花菱の息子。

桜井穂波《さくらい・ほなみ》
深夜の『ガーディアン』。故人。
遺伝子操作により魔法資質を強化された調整体魔法師
『桜』シリーズの第一世代。

アーシャ・チャンドラセカール
インド・ペルシア連邦のハイダラーバード大学教授で、
戦略級魔法の『アグニ・ダウンバースト』の開発者。
魔法師と非魔法師の併存を目指す国際結社『メイジアン』の設立準備を行っている。

司波小百合《しば・さゆり》
達也と深雪の義母。
二人を嫌悪している。

アイラ・クリシュナ・シャーストリー
チャンドラセカールの護衛で、
『アグニ・ダウンバースト』を会得した非公認の
戦略級魔法師。

津久葉夕歌《つくば・ゆうか》
元・四葉家次期当主候補の一人。
第一高校の元・生徒会副会長。
精神干渉系魔法が得意。

アンジェリーナ＝クドウ＝シールズ
USNAの魔法師部隊『スターズ』総隊長。階級は少佐。愛称はリーナ。
戦略級魔法師「十三使徒」の一人でもある。

ヴァージニア・バランス
USNA統合参謀本部情報部内部監察局第一副局長。
階級は大佐。リーナを支援するため日本にやってきた。

シルヴィア・マーキュリー・ファースト
USNAの魔法師部隊『スターズ』惑星級魔法師。階級は准尉。
愛称はシルヴィで、『マーキュリー・ファースト』はコードネーム。
日本での作戦時は、シリウス少佐の補佐役を務める。

ベンジャミン・カノープス
USNAの魔法師部隊『スターズ』ナンバー・ツー。
階級は少佐。シリウス少佐が不在時は
総隊長を代行する。

ミカエラ・ホンゴウ
USNAより日本に送り込まれた諜報員
（ただし本職は国防総省
所属の魔法研究者）。
愛称はミア。

クレア
ハンターQ――『スターズ』になれなかった
魔法師部隊『スターダスト』の女兵士。
Qは追跡部隊の17番目を意味する。

レイチェル
ハンターR――『スターズ』になれなかった
魔法師部隊『スターダスト』の女兵士。
Rは追跡部隊の
18番目を意味する。

アルフレッド・フォーマルハウト
USNAの魔法師部隊『スターズ』
一等星魔法師。階級は中尉。
愛称はフレディ。スターズを脱走。

チャールズ・サリバン
USNAの魔法師部隊『スターズ』衛星級魔法師。
『デーモス・セカンド』のコードネームで呼ばれる。
スターズを脱走。

神田《かんだ》
民権党に所属している若手政治家。
国防軍に対して批判的な人権派である。
反魔法主義でもある。

上野《こうづけ》
東京を地盤にする与党の
若手政治家。魔法師に
好意的な議員として
知られている。

レイモンド・S・クラーク
雫が留学したUSNA
バークレーにある高校の同級生。
なにかにつけ、雫にモーションを
掛けてくる、白人の少年。
その正体は『七賢人』の一人。

近江円磨《おうみ・かずきよ》

『反魂術』に詳しいという魔法
研究家で、『人形師』と
あだ名される古式魔法師。
死体を操り人形に変える
禁断の魔法を使うと噂される。

顧傑《グ・ジー》

『七賢人』の一人。
ジード・ヘイグとも呼ばれる、
大漢軍方術士部隊の生き残り。

ジョー＝杜《ジョー・ドゥ》

顧傑の逃走を手助けする謎の男。十師族の魔法師たちから
身を躱すという困難な仕事も手際よくこなす程、
その能力は高い。

ジェームズ・ジャクソン

オーストラリアから日本・
沖縄にやってきた観光客。
しかし、その正体は――。

カーラ・シュミット

ドイツ連邦の戦略級魔法師。
ベルリン大学に研究所を
構える教授。

ジャスミン・ジャクソン

ジェームスの娘。
十二歳のはずだが、
とてもしっかりとした、
大人びた対応を
する少女。

イーゴリ・アンドレイビッチ・ベゾブラゾフ

新ソビエト連邦の戦略級魔法師。
科学アカデミーにおける
魔法研究の第一人者。

ウィリアム・マクロード

イギリスの戦略級魔法師。
国外の有名大学の
教授資格を複数持つ才人。

エドワード・クラーク

USNA国家科学局（NSA）所属の技術者。
フリズスキャルヴの管理者。

劉麗蕾《りう・りーれい》

大亜連合の戦略級魔法
『霹靂塔』の継承者となった少女。
劉雲徳の孫娘とされている。

ミゲル・ディアス

ブラジル国軍に属する戦略級魔法師「十三使徒」の一人。
戦略級魔法『シンクロライナー・フュージョン』の使い手。
顔は広く知られているが、家族情報は固く秘匿されている。

七草弘一《さえぐさ・こういち》

真由美の父で、
七草家当主。
超一流の魔法師でもある。

二木舞衣《ふたつぎ・まい》

十師族『二木家』当主。
兵庫県芦屋在住。
表の職業は
複数の化学工業、
食品工業会社の大株主。
阪神・中国地方を監視、
守護している。

名倉三郎《なくら・さぶろう》

七草家に雇われていた強力な魔法師。
故人。主に真由美の身辺警護をしていた。

三矢 元《みつや・げん》

十師族『三矢家』当主。神奈川県厚木在住。表の職業（と言えるかどうかは微妙なところだが）は、国際的な小型兵器ブローカー。
今も稼働する第三研の運用を
担当している。

五輪勇海《いつわ・いさみ》

十師族『五輪家』当主。愛媛県宇和島在住。
表の職業は海運会社の重役で実質オーナー。
四国地方を監視、
守護している。

六塚温子《むつづか・あつこ》

十師族『六塚家』当主。宮城県仙台在住。
表の職業は地熱発電所掘削会社の実質オーナー。
東北地方を監視、
守護している。

八代雷蔵《やつしろ・らいぞう》

十師族『八代家』当主。福岡県在住。
表の職業は大学の講師で複数の通信会社の大株主。
沖縄を除く九州地方を監視、
守護している。

十文字和樹《じゅうもんじ・かずき》

十師族『十文字家』の元・当主。東京都在住。
表の職業は国防軍を得意先とする
土木建設会社のオーナー。
七草家と共に伊豆を含む関東地方を
監視、守護している。

東道青波《とうどう・あおば》

八雲からは『青波入道閣下（せいはにゅうどうかっか）』と呼ばれる。
僧侶のように剃髪した老人だが、
素性は不明。八雲曰く四葉家の
スポンサーであるらしい。

遠山（十山）つかさ《とおやま・つかさ》

十師族の補佐をする
師補十八家『十山家』の魔法師。
国民ではなく、国家機能を守る為に
存在する。

一部イラスト協力／魔法科高校製作委員会

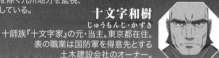

Glossary
用語解説

魔法科高校
国立魔法大学付属高校の通称。全国に九校設置されている。
この内、第一から第三までが一学年定員二百名で
一科・二科制度を採っている。

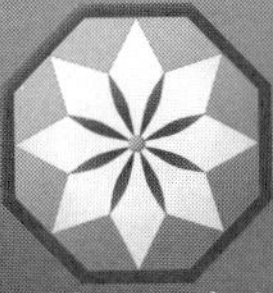

一科生のエンブレム

ブルーム、ウィード
第一高校における一科生、二科生の格差を表す隠語。
一科生の制服の左胸には八枚花弁のエンブレムが
刺繍されているが、二科生の制服にはこれが無い。

CAD〔シー・エー・ディー〕
魔法発動を簡略化させるデバイス。
内部には魔法のプログラムが記録されている。
特化型、汎用型などタイプ・形状は様々。

司波達也のCAD

司波深雪のCAD

フォア・リーブス・テクノロジー〔FLT〕
国内CADメーカーの一つ。
元々完成品よりも魔法工学部品で有名だったが、
シルバー・モデルの開発により
一躍CADメーカーとしての知名度が増した。

トーラス・シルバー
僅か一年の間に特化型CADのソフトウェアを
十年は進歩させたと称えられる天才技術者。

エイドス〔個別情報体〕
元々はギリシア哲学用語。現代魔法学において
エイドスとは、事象に付随する情報体のことで、
「世界」にその「事象」が存在することの記録で、
「事象」が「世界」に記す足跡とも言える。
現代魔法学における「魔法」の定義は、エイドスを改変することによって、
その本体である「事象」を改変する技術とされている。

イデア〔情報体次元〕
元々はギリシア哲学用語。現代魔法学においてイデアとは、エイドスが記録されるプラットフォームのこと。
魔法の一次的形態は、このイデアというプラットフォームに魔法式を出力して、
そこに記録されているエイドスを書き換える技術である。

起動式
魔法の設計図であり、魔法を構築するためのプログラム。
CADには起動式のデータが圧縮保存されており、
魔法師から流し込まれたサイオン波を展開したデータに従って信号化し、魔法師に返す。

サイオン（想子）
心霊現象の次元に属する非物質粒子で、認識や思考結果を記録する情報素子のこと。
現代魔法の理論的基盤であるエイドス、現代魔法の根幹を支える技術である起動式や魔法式は
サイオンで構築された情報体である。

プシオン（霊子）
心霊現象の次元に属する非物質粒子で、その存在は確認されているがその正体、その機能については
未だ解明されていない。一般的な魔法師は、活性化したプシオンを「感じる」ことができるにとどまる。

魔法師
『魔法技能師』の略語。魔法技能師とは、実用レベルで魔法を行使するスキルを持つ者の総称。

魔法式
事象に付随する情報を一時的に改変する為の情報体。魔法師が保有するサイオンで構築されている。

魔法演算領域
魔法式を構築する精神領域。魔法という才能の、いわば本体。魔法師の無意識領域に存在し、魔法師は通常、魔法演算領域を意識して使うことは出来ても、そこで行われている処理のプロセスを意識することは出来ない。魔法演算領域は、魔法師自身にとってもブラックボックスと言える。

魔法式の出力プロセス
❶起動式をCADから受信する。これを「起動式の読込」という。
❷起動式に変数を追加して魔法演算領域に送る。
❸起動式と変数から魔法式を構築する。
❹構築した魔法式を、無意識領域の最上層にして意識領域の最下層たる「ルート」に転送、意識と無意識の狭間に存在する「ゲート」から、イデアへ出力する。
❺イデアに出力された魔法式は、指定された座標のエイドスに干渉しこれを書き換える。

単一系統・単一工程の魔法で、この五段階のプロセスを半秒以内で完了させることが、「実用レベル」の魔法師としての目安になる。

魔法の評価基準（魔法力）
サイオン情報体を構築する速さが魔法の処理能力であり、構築できる情報体の規模が魔法のキャパシティであり、魔法式がエイドスを書き換える強さが干渉力、この三つを総合して魔法力と呼ばれる。

基本コード仮説
「加速」「加重」「移動」「振動」「収束」「発散」「吸収」「放出」の四系統八種にそれぞれ対応したプラスとマイナス、合計十六種類の基本となる魔法式が存在していて、この十六種類を組み合わせることで全ての系統魔法を構築することができるという理論。

系統魔法
四系統八種に属する魔法のこと。

系統外魔法
物質的な現象ではなく精神的な現象を操作する魔法の総称。

心霊存在を使役する神霊魔法・精霊魔法から読心、幽体分離、意識操作まで多種にわたる。

十師族
日本で最強の魔法師集団。一条（いちじょう）、一之倉（いちのくら）、一色（いっしき）、二木（ふたつぎ）、二階堂（にかいどう）、二瓶（にへい）、三矢（みつや）、三日月（みかづき）、四葉（よつば）、五輪（いつわ）、五頭（ごとう）、五味（いつみ）、六塚（むつづか）、六角（ろっかく）、六郷（ろくごう）、六本木（ろっぽんぎ）、七草（さえぐさ）、七宝（しっぽう）、七夕（たなばた）、七瀬（ななせ）、八代（やつしろ）、八朔（はっさく）、八幡（はちまん）、九島（くどう）、九鬼（くき）、九頭見（くずみ）、十文字（じゅうもんじ）、十山（とおやま）の二十八の家系から四年に一度の「十師族選定会議」で選ばれた十の家系が『十師族』を名乗る。

数字付き
十師族の苗字に一から十までの数字が入っているように、百家の中でも本流とされている家系の苗字には“『千』代田”、“『五十』里”、“『千』葉”家の様に、十一以上の数字が入っている。

数値の大小が力の強弱を表すものではないが、苗字に数字が入っているかどうかは、血筋が大きく物を言う、魔法師の力量を推測する一つの目安となる。

数字落ち
エクストラ・ナンバーズ、略して「エクストラ」とも呼ばれる、「数字」を剥奪された魔法師の一族。

かつて、魔法師が兵器であり実験体サンプルであった頃、「成功例」としてナンバーを与えられた魔法師が、「成功例」に相応しい成果を上げられなかった為に捺された烙印。

様々な魔法

●コキュートス
精神を凍結させる系統外魔法。凍結した精神は肉体に死を命じることも出来ず、
この魔法を掛けられた相手は、精神の「静止」に伴い肉体も停止・硬直してしまう。
精神と肉体の相互作用により、肉体の部分的な結晶化が観測されることもある。

●地鳴り
独立情報体「精霊」を媒体として地面を振動させる古式魔法。

●術式解散〔グラム・ディスパージョン〕
魔法の本体である魔法式を、意味の有る構造を持たないサイオン粒子群に分解する魔法。
魔法式は事象に付随する情報体に作用するという性質上、その情報構造が露出していなければならず、
魔法式そのものに対する干渉を防ぐ手立ては無い。

●術式解体〔グラム・デモリッション〕
圧縮したサイオン粒子の塊をイデアを経由せずに対象物へ直接ぶつけて爆発させ、そこに付け加えられた
起動式や魔法式などの、魔法を記録したサイオン情報体を吹き飛ばしてしまう無系統魔法。
魔法といっても、事象改変の為の魔法式としての構造を持たないサイオンの砲弾であるため情報強化や
領域干渉には影響されない。また、砲弾自体の持つ圧力がキャスト・ジャミングの影響も撥ね返してしまう。
物理的な作用が皆無である故に、どんな障碍物でも防ぐことは出来ない。

●地雷原
土、岩、砂、コンクリートなど、材質は問わず、
とにかく「地面」という概念を有する固体に強い振動を与える魔法。

●地割れ
独立情報体「精霊」を媒体として地面を線上に押し潰し、
一見地面を引き裂いたかのような外観を作り出す魔法。

●ドライ・ブリザード
空気中の二酸化炭素を集め、ドライアイスの粒子を作り出し、
凍結過程で余った熱エネルギーを運動エネルギーに変換してドライアイス粒子を高速で飛ばす魔法。

●這い寄る雷蛇〔スリザリン・サンダース〕
『ドライ・ブリザード』のドライアイス気化によって水蒸気を凝結させ、気化した二酸化炭素を
溶け込ませた導電性の高い霧を作り出した上で、振動系魔法と放出系魔法で摩擦電気を発生させる。
そして、炭酸ガスが溶け込んだ霧や水滴を導線として敵に電撃を浴びせるコンビネーション魔法。

●ニブルヘイム
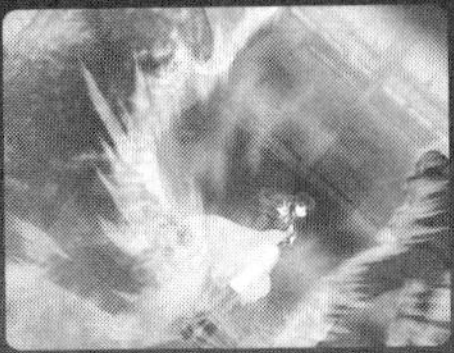
振動減速系広域魔法。大容積の空気を冷却し、
それを移動させることで広い範囲を凍結させる。
端的に言えば、超大型の冷凍庫を作り出すようなものである。
発動時に生じる白い霧は空中で凍結した氷や
ドライアイスの粒子だが、レベルを上げると凝結した
液体窒素の霧が混じることもある。

●爆裂
対象物内部の液体を気化させる発散系魔法。
生物ならば体液が気化して身体が破裂、
内燃機関動力の機械ならば燃料が気化して爆散する。
燃料電池でも結果は同じで、可燃性の燃料を搭載していなくても、
バッテリー液や油圧液や冷却液や潤滑液など、およそ液体を搭載していない機械は存在しないため、
『爆裂』が発動すればほぼあらゆる機械が破壊され停止する。

●乱れ髪
角度を指定して風向きを変えて行くのではなく、「もつれさせる」という曖昧な結果をもたらす
気流操作により、地面すれすれの気流を起こして相手の足に草を絡みつかせる古式魔法。
ある程度丈の高い草が生えている野原でのみ使用可能。

魔法剣

魔法による戦闘方法には魔法それ自体を武器にする戦い方の他に、
魔法で武器を強化・操作する技法がある。
銃や弓矢などの飛び道具と組み合わせる術式が多数派だが、
日本では剣技と魔法を組み合わせて戦う「剣術」も発達しており、
現代魔法と古式魔法の双方に魔法剣とも言うべき専用の魔法が編み出されている。

1. 高周波(こうしゅうは)ブレード

刀身を高速振動させ、接触物の分子結合力を超えた振動を伝播させることで
固体を局所的に液状化して切断する魔法。刀身の自壊を防止する術式とワンセットで使用される。

2. 圧斬り(へしきり)

刃先に斬撃方向に対して左右垂直方向の斥力を発生させ、
刃が接触した物体を押し開くように割断する魔法。
斥力場の幅は1ミリ未満の小さなものだが光に干渉する程の強度がある為、
正面から見ると刃先が黒い線になる。

3. ドウジ斬り(童子斬り)

源氏の秘剣として伝承されていた古式魔法。二本の刃を遠隔操作し、
手に持つ刀と合わせて三本の刀で相手を取り囲むようにして同時に切りつける魔法剣技。
本来の意味である「同時斬り」を「童子斬り」の名に隠していた。

4. 斬鉄(ざんてつ)

千葉一門の秘剣。刀を鋼と鉄の塊ではなく、「刀」という単一概念の存在として定義し、
魔法式で設定した斬撃線に沿って動かす移動系統魔法。
単一概念存在と定義された「刀」はあたかも単分子結晶の刃の様に、
折れることも曲がることも欠けることもなく、斬撃線に沿ってあらゆる物体を切り裂く。

5. 迅雷斬鉄(じんらいざんてつ)

専用の武装デバイス「雷丸(いかづちまる)」を用いた「斬鉄」の発展形。
刀と剣士を一つの集合概念として定義することで
接敵から斬撃までの一連の動作が一切の狂い無く高速実行される。

6. 山津波(やまつなみ)

全長180センチの長大な専用武器「大蛇丸(おろちまる)」を用いた千葉一門の秘剣。
自分と刀に掛かる慣性を極小化して敵に高速接近し、
インパクトの瞬間、消していた慣性を上乗せして刀身の慣性を増幅し対象物に叩きつける。
この偽りの慣性質量は助走が長ければ長いほど増大し、最大で十トンに及ぶ。

7. 薄羽蜻蛉(うすばかげろう)

カーボンナノチューブを織って作られた厚さ五ナノメートルの極薄シートを
硬化魔法で完全平面に固定して刃とする魔法。
薄羽蜻蛉で作られた刀身はどんな刀剣、どんな剃刀よりも鋭い切れ味を持つが、
刃を動かす為のサポートが術式に含まれていないので、術者は刀の操作技術と腕力を要求される。

魔法技能師開発研究所

西暦2030年代、第三次世界大戦前に緊迫化する国際情勢に対応して日本政府が次々に設立した魔法師開発の為の研究所。その目的は魔法の開発ではなくあくまでも魔法師の開発であり、目的とする魔法に最適な魔法師を産み出す為の遺伝子操作を含めて研究されていた。

魔法技能師開発研究所は第一から第十までの10ヶ所設立され、現在も5ヶ所が稼働中である。

各研究所の詳細は以下のとおり。

魔法技能師開発第一研究所

2031年、金沢市に設立。現在は閉鎖。

テーマは対人戦闘を想定した生体に直接干渉する魔法の開発。気化魔法「爆裂」はその派生形態。ただし人体の動きを操作する魔法はパペット・テロ（操り人形化した人間によるカミカゼテロ）を誘発するものとして禁止されていた。

魔法技能師開発第二研究所

2031年、淡路島に設立。稼働中。

第一研のテーマと対をなす魔法として、無機物に干渉する魔法、特に酸化還元反応に関わる吸収系魔法を開発。

魔法技能師開発第三研究所

2032年、厚木市に設立。稼働中。

単独で様々な状況に対応できる魔法師の開発を目的としてマルチキャストの研究を推進。特に、同時発動、連続発動が可能な魔法数の限界を実験し、多数の魔法を同時発動可能な魔法師を開発。

魔法技能師開発第四研究所

詳細は不明。場所は旧長野県と旧山梨県の県境付近と推定。設立は2033年と推定。現在は閉鎖されたことになっているが、これも実態は不明。旧第四研のみ政府とは別に、国に対し強い影響力を持つスポンサーにより設立され、現在は国から独立しそのスポンサーの支援下で運営されているとの噂がある。またそのスポンサーにより2020年代以前から事実上運営が始まっていたとも噂されている。

精神干渉魔法を利用して、魔法師の無意識領域に存在する魔法という名の異能の源泉、魔法演算領域そのものの強化を目指していたとされている。

魔法技能師開発第五研究所

2035年、四国の宇和島市に設立。稼働中。

物質の形状に干渉する魔法を研究。技術的難度が低い流体制御が主流となるが、固体の形状干渉にも成功している。その成果がUSNAと共同開発した「バハムート」。流体干渉魔法「アビス」と合わせ、二つの戦略級魔法を開発した魔法研究機関として国際的に名を馳せている。

魔法技能師開発第六研究所

2035年、仙台市に設立。稼働中。

魔法による熱量制御を研究。第八研と並び基礎研究機関的な色彩が強く、その反面軍事的な色彩は薄い。ただ第四研を除く魔法技能師開発研究所の中で、最も多く遺伝子操作実験が行われたと言われている（第四研については実態が不明）。

魔法技能師開発第七研究所

2036年、東京に設立。現在は閉鎖。

対集団戦闘を念頭に置いた魔法を開発。その成果が群体制御魔法。第六研が非軍事的色彩の強いものだった反動で、有事の首都防衛を兼ねた魔法師開発の研究施設として設立された。

魔法技能師開発第八研究所

2037年、北九州市に設立。稼働中。

魔法による重力、電磁力、強い相互作用、弱い相互作用の操作を研究。第六研以上に基礎研究機関的な色彩が強い。ただし、国防軍との結び付きは第六研と異なり強固。これは第八研の研究内容が核兵器の開発と容易に結びつくからであり、国防軍のお墨付きを得て核兵器開発疑惑を免れているという側面がある。

魔法技能師開発第九研究所

2037年、奈良市に設立。現在は閉鎖。

現代魔法と古式魔法の融合、古式魔法のノウハウを現代魔法に取り込むことで、ファジーな術式操作など現代魔法が苦手としている諸課題を解決しようとした。

魔法技能師開発第十研究所

2039年、東京に設立。現在は閉鎖。

第七研と同じく首都防衛の目的を兼ねて、大火力の攻撃に対する防御手段として空間に仮想構築物を生成する領域魔法を研究。その成果が多種多様な対物理障壁魔法。

また第十研は、第四研とは別の手段で魔法能力の引き上げを目指した。具体的には魔法演算領域そのものの強化ではなく、魔法演算領域を一時的にオーバークロックすることで必要に応じ強力な魔法を行使できる魔法師の開発に取り組んだ。ただしその成否は公開されていない。

これら10ヶ所の研究所以外にエレメンツ開発を目的とした研究所が2010年代から2020年代にかけて稼働していたが、現在は全て閉鎖されている。

また国防軍には2002年に設立された陸軍総司令部直属の秘密研究機関があり独自に研究を続けている。九島烈は第九研に所属するまでこの研究機関で強化措置を受けていた。

戦略級魔法師・十三使徒

現代魔法は高度な科学技術の中で育まれてきたものである為、
軍事的に強力な魔法の開発が可能な国家は限られている。

その結果、大規模破壊兵器に匹敵する戦略級魔法を開発できたのは一握りの国家だった。

ただ開発した魔法を同盟国に供与することは行われており、
戦略級魔法に高い適性を示した同盟国の魔法師が戦略級魔法師として認められている例もある。

2095年4月段階で、国家により戦略級魔法に適性を認められ対外的に公表された魔法師は13名。

彼らは十三使徒と呼ばれ、世界の軍事バランスの重要ファクターと見なされていた。

十三使徒の所属国、氏名、戦略級魔法の名称は以下のとおり。

USNA
■アンジー・シリウス：「ヘビィ・メタル・バースト」
■エリオット・ミラー：「リヴァイアサン」
■ローラン・バルト：「リヴァイアサン」
※この中でスターズに所属するのはアンジー・シリウスのみであり、
エリオット・ミラーはアラスカ基地、ローラン・バルトは国外のジブラルタル基地から
基本的に動くことはない。

新ソビエト連邦
■イーゴリ・アンドレイビッチ・ベゾブラゾフ：「トゥマーン・ボンバ」
■レオニード・コンドラチェンコ：「シムリャー・アールミヤ」
※コンドラチェンコは高齢の為、黒海基地から基本的に動くことはない。

大亜細亜連合
■劉麗蕾（りうりーれい）：「霹靂塔」
※劉雲徳は2095年10月31日の対日戦闘で戦死している。

インド・ペルシア連邦
■バラット・チャンドラ・カーン：「アグニ・ダウンバースト」

日本
■五輪 澪（いつわみお）：「深淵（アビス）」

ブラジル
■ミゲル・ディアス：「シンクロライナー・フュージョン」
※魔法式はUSNAより供与されたもの。

イギリス
■ウィリアム・マクロード：「オゾンサークル」

ドイツ
■カーラ・シュミット：「オゾンサークル」
※オゾンサークルはオゾンホール対策として分裂前のEUで共同研究された魔法を原型としており、
イギリスで完成した魔法式が協定により旧EU諸国に公開された。

トルコ
■アリ・シャーヒーン：「バハムート」
※魔法式はUSNAと日本の共同で開発されたものであり、日本主導で供与された。

タイ
■ソム・チャイ・ブンナーク：「アグニ・ダウンバースト」
※魔法式はインド・ペルシアより供与されたもの。

スターズとは

USNA軍統合参謀本部直属の魔法師部隊。十二の部隊があり、
隊員は星の明るさに応じて階級分けされている。
部隊の隊長はそれぞれ一等星の名前を与えられている。

●スターズの組織体系

- 国防総省参謀本部
  - スターズ基地司令
    - スターズ総隊長
      - 第一隊
      - 第二隊
      - 第三隊
      - 第四隊
      - 第五隊
      - 第六隊
      - 第七隊
      - 第八隊
      - 第九隊
      - 第十隊
      - 第十一隊
      - 第十二隊
    - プラネットスタッフ
  - スターダスト

1. 各隊に上下関係はない。
2. 指揮権は総隊長に集約されているが、実際には基地司令が命令を下すケースも多い。
3. 各隊隊長の下に、恒星級、星座級、惑星級、衛星級の隊員が配属されている。総隊長直属の部下はいない。
4. プラネットスタッフは惑星級隊員で構成される支援部隊。恒星級隊員を使わずにプラネットスタッフのみを出動させることもある。シルヴィアはプラネットスタッフ所属。
5. スターダストは所属基地が違う。

総隊長アンジー・シリウスの暗殺を企てた隊員たち

• アレクサンダー・アークトゥルス
第三隊隊長 大尉 北アメリカ大陸先住民のシャーマンの血を色濃く受け継いでいる。
レグルスと共に叛乱の首謀者とされる。

• ジェイコブ・レグルス
第三隊 一等星級隊員 中尉 ライフルに似た武装デバイスで放つ
高エネルギー赤外線レーザー弾『レーザースナイピング』を得意とする。

• シャルロット・ベガ
第四隊隊長 大尉 リーナより十歳以上年上であるが、階級で劣っていることに不満を懐いている。
リーナとは折り合いが悪い。

• ゾーイ・スピカ
第四隊 一等星級隊員 中尉 東洋系の血を引く女性。『分子ディバイダー』の
変形版ともいえる細く尖った力場を投擲する『分子ディバイダー・ジャベリン』の使い手。

• レイラ・デネブ
第四隊 一等星級隊員 少尉 北欧系の長身でグラマラスな女性。
ナイフと拳銃のコンビネーション攻撃を得意とする。

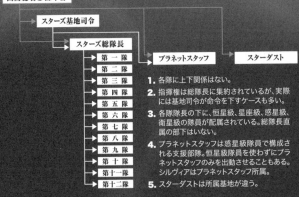

司波達也の新スーツ『フリードスーツ』

四葉家が開発した飛行装甲服。国防軍が開発した『ムーバルスーツ』と比較するとパワーアシスト機能は備わっておらずデータリンク機能で劣っているが、防御性能は同等以上に向上している。

ステルス性能や飛行性能に秀でており、司波達也曰く「追跡にはムーバルスーツよりも適しているとさえ言える」。

吸血鬼《パラサイト》

精神に由来する情報生命体。

元々は異次元で形成されたとされ、マイクロブラックホール生成・消滅実験によって次元の壁が揺らぎ、現世へと顕現したと考えられている。

人間に取り憑いて変質させる魔性であり、宿主の脳を侵食する。

パラサイトたちに指揮官に該当する存在はおらず、個別の思考能力を持ちながら、意識を共有している。パラサイト同士は交信を行い、ある程度の範囲における仲間の居場所を把握し行動する。

二〇九五年度の冬に司波達也たちは一度この存在に遭遇、そして退けることに成功している。

パラサイトのネーミングはこの事件が発生した当初、犠牲者に目立った外傷が無いにも拘わらず、体内から大量の血液が失われていたことに由来する。

『アストラル・ディスパージョン』

パラサイトとの戦闘で苦戦する達也が、ついに開発した新魔法。霊子情報体をこの世界から完全に駆逐することができる。

今まで達也が使用していた情報体を想子の球体に閉じ込める無系統魔法『封玉』の効果は一時的なものであり、精神干渉系魔法に高度な適性を持つ他の魔法師によって追加的な封印処置が必要だった。

しかし、アークトゥルスとの戦闘中に達也は、精神体(霊子情報体)がこの世界に存在する為には、世界へアクセスする為の媒体となる想子情報体が必要不可欠であることを突き止める。彼は精神体の活動に伴う情報の変動を観測し、そこから逆算的にアクセス媒体として機能している想子情報体を把握、これを破壊することで、精神体をこの世界から完全に切り離す魔法を生み出した。

それが、霊子情報体支持構造分解魔法『アストラル・ディスパージョン』である。

The International Situation

2096年現在の世界情勢

世界の寒冷化を直接の契機とする第三次世界大戦、二〇年世界群発戦争により世界の地図は大きく塗り替えられた。現在の状況は以下のとおり。

USAはカナダ及びメキシコからパナマまでの諸国を併合して北アメリカ大陸合衆国(USNA)を形成。

ロシアはウクライナ、ベラルーシを再吸収して新ソビエト連邦(新ソ連)を形成。

中国はビルマ北部、ベトナム北部、ラオス北部、朝鮮半島を征服して大亜細亜連合(大亜連合)を形成。

インドとイランは中央アジア諸国(トルクメニスタン、ウズベキスタン、タジキスタン、アフガニスタン)及び南アジア諸国(パキスタン、ネパール、ブータン、バングラデシュ、スリランカ)を呑み込んでインド・ペルシア連邦を形成。

他のアジア・アラブ諸国は地域ごとに軍事同盟を締結し新ソ連、大亜連合、インド・ペルシアの三大国に対抗。

オーストラリアは事実上の鎖国を選択。

EUは統合に失敗し、ドイツとフランスを境に東西分裂。東西EUも統合国家の形成に至らず、結合は戦前よりむしろ弱体化している。

アフリカは諸国の半分が国家ごと消滅し、生き残った国家も辛うじて都市周辺の支配権を維持している状態となっている。

南アメリカはブラジルを除き地方政府レベルの小国分立状態に陥っている。

The irregular at magic high school

西暦二〇九七年八月四日、日曜日。

伊豆諸島《いずしょとう》に属する最も新しい島が外国の武装集団に襲われた。

島の名称は『巳焼島《みやきしま》』。

島を襲った武装集団は、公式には新ソ連のエージェントに騙《だま》されて偽《にせ》の命令で出動したUSNA海軍の部隊と、新ソ連エージェントがUSNA国内で組織した破壊工作員組織の混成部隊ということになっている。

仮にそれが真実だったとしても、USNAの国軍に属する艦艇と軍人が日本の領土を攻撃した事実に変わりはない。このままでは対日関係だけでなく、国際社会におけるUSNAの評価も「同盟国を騙《だま》し討《う》ちにする信頼できない国」と酷《ひど》く悪化してしまう。

USNAが国防長官という大物を日本に派遣したのは、この事態を収拾する為《ため》だった。

——ということに、表向きはなっている。

確かに、日本政府との和解も国防長官リアム・スペンサーの訪日目的の一つだったが、実のところ主目的とは言い難《がた》かった。もっと言えば、スペンサーは訪日の主役でもなかった。

事件の五日後。USNAの国防長官と日本の総理大臣が報道陣を前に和気藹々《わきあいあい》とした雰囲気を演出している裏で、真の主役同士の会談がひっそりと始まっていた。

八月九日、金曜日。この日の朝早く、達也《たつや》は二十日ぶりに巳焼島《みやきしま》から東京へ戻った。USNAの国防長官付き秘書官、ジェフリー・ジェームズの招きに応じたものだ。

この二日前、達也《たつや》はリーナを通じてホワイトハウスからの親書を受け取っている。内容は、良く言えば達也《たつや》に対する和解の申し出、悪く言えば達也《たつや》をUSNA陣営に引き込んで利用しようと企《たくら》むものだった。

達也《たつや》はUSNAの申し出を受《う》け容《い》れた。良く言おうと悪く言おうと、その意味するところは同じだ。利用価値があるから仲良くする。それは達也《たつや》の側でも同じだった。日本の外交方針とは関係無く、達也《たつや》は大亜連合と新ソ連の両国に、敵視されて当然という大打撃を与えている。USNAと友好的な関係を築けるなら、たとえそれが下心丸出しのものであれ、彼にとってもメリットは大きい。

達也《たつや》は親書を受け取ったその場で承諾の返事を書き、その返書をリーナに届けてもらったのが昨日、八月八日の午前中。そして昨日の夕方、リーナから電話で「国防長官付き秘書官が明日、会いたいと言っている」という伝言を受け取ったという次第だ。

ジェフリー・ジェームズから指定された面談の場所は国防長官一行が泊まっているホテルの一室だった。長官本人が使っているスイートルーム程ではないが、グレードがかなり高い部屋だ。ジェフリー・ジェームズの実質的な地位がうかがわれる待遇だ。

部屋の前にも中にも、特殊部隊の元隊員、若《も》しくは現役隊員と思《おぼ》しき戦闘の専門家が警備をがっちりと固めていた。全員が相当の手練《てだ》れだと分かる。だが達也《たつや》は恐れを全く見せず、案内されるまま部屋に入った。

なおその際に、ボディチェックはされなかった。自信を持っているのは達也《たつや》だけではないということだろう。それが戦闘力そのものについての自信なのか、それとも自分の立場に対する自信なのかまでは、達也《たつや》には分からなかった。

「はじめまして、ジェフリー・ジェームズです。JJと呼んでください。『ミスター』は不要ですよ」

達也《たつや》を招いたJJことジェフリー・ジェームズは大変フレンドリーな態度で彼を迎えた。その御蔭《おかげ》か、二メートル近い長身で肩幅広く胸板厚い体格にも拘《かか》わらず、達也《たつや》は威圧感を覚えなかった。

「司波《しば》達也《たつや》です。私のこともタツヤで結構ですよ。無論『さん』も『様』も『殿』も不要です」

こういう馴《な》れ馴《な》れしさは本来、達也《たつや》の好むものではない。だがこの場は相手の流儀に合わせて、達也《たつや》は自己紹介を返した。

「分かりました、タツヤ。急な招待にも拘《かか》わらず、快く応じてくださったことに感謝します」

「国防長官ご側近の貴重なお時間を割いていただくのですから、私の方から足を運ぶのは当然のことです。大した距離でもありませんし」

軽くＪＪの表情が動く。具体的には、右の眉毛がわずかに上下した。しかしそれがどんな感情を反映したものなのか、ＪＪは達也《たつや》に読ませなかった。見た目はせいぜい三十歳といったところだが、実際にはもっと年を取っているのかもしれない。あるいは、実年齢よりずっと老獪《ろうかい》な質《たち》なのか。

「恐縮です。タツヤ、飲み物のご希望はありますか？」

「ではコーヒーをブラックで」

今度は明らかな驚きの表情がＪＪの顔を過《よぎ》った。遠慮無くリクエストを述べる態度が日本人に関するステレオタイプなイメージにそぐわなかったのか。あるいは、薬物をまるで警戒していない様に見える大胆さが意外だったのか。

達也《たつや》が意図したことではなかったが、ＪＪが自分のペースを取り戻す為《ため》に費やした短い時間は達也《たつや》にとっても良いインターバルになった。二人分のコーヒーが届いて、どちらにも主導権が無いフラットな雰囲気で会話が再開された。

「さて、タツヤ。本題に入りましょうか」

「ＪＪ、私の意思はミス・シールズに預けた返書に認《したた》めたとおりです。何か分かりにくいところがありましたか？」

ＪＪの誘いに、達也《たつや》が軽く牽制《けんせい》のジャブを返す。

「いえ、こちらの申し出に快く同意していただいて感謝しています。正直に申し上げて、我々が期待した以上でした」

　ＪＪは予想以上の低姿勢で達也《たつや》のセリフに応じた。こういう態度を取られると、達也《たつや》も不用意なことは言えない。

　達也《たつや》はさらに気を引き締め、慎重に言葉を選んだ。

「私の方でも、貴国と敵対するつもりはありませんので。今回のことはエドワード・クラーク個人に責任があると考えています」

「……ディオーネー計画についても、そのように考えていただけるのですか？」

「ええ」

　達也《たつや》とＪＪが約三秒間、無言で見詰め合う。

「それは良かった。私たちの間に深刻な誤解が生じていないと分かっただけで、日本まで来た価値があります」

　ＪＪが自然な態度でホッと息を吐いて見せる。

「私としても、ありもしない敵意を懐《いだ》いていないとご理解いただけただけでも、足を運んだ甲《か》斐《い》がありました」

　達也《たつや》は儀礼的な笑顔でそれに応えた。

「貴方《あなた》との友情をもっと確固たるものにしたいと願っています」

達也《たつや》がＪＪに、目で続きを促す。

「タツヤ……アメリカに来ていただけませんか」

思い掛けない提案に達也《たつや》は内心、驚きを禁じ得ない。まさかここまで厚かましい申し出をしてくるとは、達也《たつや》も予想していなかった。

「アメリカに？」

敢《あ》えて意外感を隠さず、達也《たつや》は問い返す。

「最高の研究環境をご用意します。貴方《あなた》の英知を、自由と民主主義を愛する諸国民の為《ため》に役立ててください」

ＪＪの口調は、セリフの内容に反して白々しくなかった。

「人類の為《ため》に、とは仰《おつしや》らないんですね」

熱弁を振るうＪＪに、達也《たつや》は面白がっている声で訊《たず》ねた。

「お気に召しませんでしたか？」

ＪＪは不安げな口調で問い返す。

口調は不安げだが、彼の唇は両端が笑みの形につり上がっていた。

「いえ、目的が明確になっているのは良《い》いと思います」

達也《たつや》も同じような表情でＪＪの問いに答えた。

そして彼らは同時に笑みを消して、テンションの下がった視線を互いに向ける。

　二人の中に、共感と同族嫌悪が同時に生まれたのだった。

「せっかくのお申し出ですが、巳焼島《みやきしま》のプロジェクトが一段落するまでは日本を離れられません」

「そうですか。そういう理由であれば、残念ですが仕方がありませんね」

　達也《たつや》の辞退に、ＪＪはあっさり引き下がった。

「では、代わりにと言っては何ですが、技術者派遣を受《う》け容《い》れてもらえませんか」

　代案はすぐに提示された。このスピードから考えて、こちらの要求が本命だったと思われる。

「技術者派遣？　研修のようなものですか？」

「はい。恒星炉技術をご提供いただけるとのお返事でしたので、ならばデータだけでなく実地で学ばせていただけないかと」

「そうですね……」

　達也《たつや》が即答しなかったのは、技術者受《う》け容《い》れが工作員潜入に利用される可能性を考えたからだ。

「分かりました。私の独断では決められませんが、その方向で調整してみます」

　しかしすぐに、マスコミの取材を許可しているのに技術者を締め出しても意味は無いと考え直した。

「ありがとうございます。それでは結論が出ましたら、このアドレスにご一報ください」

そう言ってＪＪは長い文字列とカラーコードが印刷された名刺サイズの紙を差し出す。

達也《たつや》はその文字列を読み取って、高度に暗号化された仮想専用回線だと理解した。普通のネットワークではない。おそらく国防総省の限られたエージェントにのみ公開されているものだろう。

「良《い》いんですか？」

達也《たつや》は思わずＪＪにそう訊《たず》ねてしまう。

「何がでしょう？」

しかしそう問い返されて、意味の無い質問だったと気付いた。

「いえ、分かりました」

「良《い》いお返事を期待しています」

この後、達也《たつや》はＪＪと五分ほど世間話をして彼の部屋を後にした。

◇　◇　◇

達也《たつや》とジェフリー・ジェームズの話し合いが終わったのは午前十一時。国防長官一行が利用しているホテルを出た達也《たつや》は、いったん調布《ちょうふ》の自宅に戻った。

自宅は達也《たつや》たちが留守にしている間もホームオートメーションによる手入れが行われていた。

だが彼が帰宅した時に空き家特有の空虚な埃《ほこり》っぽさが全く無かったのは、一足先に帰宅した深《み》雪《ゆき》と水波《みなみ》が頑張って掃除してくれたからに違いない。

「お帰りなさいませ、お兄様」

彼が部屋の扉を開けた直後に、深《み》雪《ゆき》の声が出迎える。

「ただいま」

達也《たつや》は応えを返す為《ため》に深雪《みゆき》と目を合わせてから、靴を脱ごうと視線を下げた。そこで、靴が三足置かれていることに気付く。

「リーナが来ているのか」

「はい。もうすぐお昼ですから」

ここまでは真顔で答えた深雪《みゆき》だったが、

「自分の部屋の掃除は、もう終わっているのか？　リーナにしては手際《てぎわ》が良《い》いな」

達也《たつや》のこのセリフに、堪《こら》えきれず「クスッ」と小さく失笑を漏らす。

「お兄様、人聞きが悪いですよ」

「そうだな……。それで、実際のところどうなんだ」

「もうすぐお昼ご飯ですから」

「なる程」

達也《たつや》も、つられたように小さく笑った。

「後で手伝ってあげようと思います」

深雪《みゆき》は笑みを浮かべたまま、フォローするようにそう付け加えた。

深雪《みゆき》と水波《みなみ》合作の昼食を四人で済ませた後、達也《たつや》、深雪《みゆき》、水波《みなみ》、リーナの四人は八雲《やくも》の寺『九重寺《きゅうちょうじ》』に向かった。

四人乗りの新型エアカーを駐車場に駐め、山門へ続く階段を上る。

今日は、手荒な歓迎は無かった。達也《たつや》たちの訪問目的を考えて、八雲《やくも》もさすがに自重したのだろう。境内から、うずうずしているような気配は伝わってきたが。

階段を上りきると、山門の向こう側に八雲《やくも》が待っていた。

「やあ」

「師匠。態々《わざわざ》お出迎え、ありがとうございます」

達也《たつや》が畏《かしこ》まった態度で頭を下げる。演技ではなく、達也《たつや》は本当に恐縮していた。

「気にしなくて良いよ。僕がここに来なければ結界が反応していただろうからね」

だが八雲《やくも》のこの言葉を聞いて、達也《たつや》の中から礼節に関する配慮が吹き飛んだ。彼の表情が厳しく引き締まる。いや、「厳しく」と言うより「険しく」、「引き締まる」と言うより「強張《こわば》る」と表現した方が適切かもしれない。

「師匠。それはもしや——」

「詳しくは中で話そうか」

八雲《やくも》は達也《たつや》のセリフを途中で遮り、四人を本堂ではなく僧坊へ案内した。

僧坊の中に敷かれていた座布団《ざぶとん》に八雲《やくも》たち五人が腰を下ろす。八雲《やくも》は胡座《あぐら》、達也《たつや》、深雪《みゆき》、水波《みなみ》は正座。リーナも最初はきちんと正座をしようとしたが、もぞもぞとお尻を動かして結局、目立たぬように足先を少しだけ左右に開いた。

全員が座ると、外から窓が閉められた。弟子が閉めたのか、それとも術によるものなのか、相変わらず達也《たつや》にも分からない。人の気配も魔法の気配もしなかったから、古めかしい外見に反して機械仕掛《じか》けなのかもしれない。

密閉性が高い僧坊内は、真昼にも拘《かか》わらず真っ暗になった。ただ、蒸し暑くはない。むしろひんやりと冷気が漂い始めている。今の季節を考えれば奇妙なことだ。風を伴わない空調機器が使われている可能性もゼロではないが、何となく機械で冷却されたものではないように達也《たつや》たち四人は感じていた。

壁一面に蠟燭《ろうそく》の灯《ひ》が点《とも》る。今度は明らかに、八雲《やくも》の魔法による点火だ。薄明かりと共に漂ってきた香油の匂いは、以前達也《たつや》と深雪《みゆき》が経験したものとは違っていた。結界の構築を補助するものには違いないが、形成された結界は外のものを締め出すのではなく、中のものを閉じ込める性質の魔法的な「場」であるように、達也《たつや》には感じられた。

「さて……」

八雲《やくも》の声が、結界へと逸《そ》れていた達也《たつや》の意識を引きつける。

「まずは見せてもらおうか。桜井《さくらい》水波《みなみ》くん、前へ」

「水波《みなみ》」

「はい」

達也《たつや》に促されて、横一列の右端に座っていた水波《みなみ》が、八雲《やくも》の正面に進み出た。

水波《みなみ》が姿勢を落ち着けるのを待って、八雲《やくも》が印を結ぶ。

達也《たつや》たち三人《み》が、息を詰めて水波《みなみ》と八雲《やくも》を見詰める。

僧坊を充たす緊迫感。より強く緊張しているのは、水波《みなみ》本人よりむしろ彼女の背中を凝視している深雪《みゆき》たちの方だ。

深雪《みゆき》とリーナの額に汗が滲《にじ》む。

達也《たつや》はポーカーフェイスを保っているが、両手が強く握り締められている。

無言のまま、およそ五分が経過した。

八雲《やくも》が印を解き、小さく息を吐き出す。

僧坊内の張り詰めた空気が、少しだけ弛《ゆる》んだ。

「結論から言うと、当面の心配は要らないと僕は思う」

八雲《やくも》が危機感の欠如した口調で告げる。本当に心配無用ならそれでも良《い》いが、「当面の」という条件付きだ。

しかも「当面」の意味が分からない。

このままで問題無いのか、しばらくは大丈夫でもいずれ悪化する可能性が高いのか。

この二つでは、必要とされる対応が正反対と言って良いほど異なる。

「…………」「…………」「…………」

深雪《みゆき》、リーナ、そして当事者の水波《みなみ》が、八雲《やくも》を無言で見返す。

「……師匠」

そして達也《たつや》だけが、呆《あき》れ半分、非難半分の声を上げた。

「そんなに睨《にら》まなくても、ちゃんと説明するよ」

達也《たつや》と深雪《みゆき》から咎《とが》めるような視線を浴びて、八雲《やくも》は苦笑いを浮かべた。

「水波《みなみ》くんの魔法技能を抑え込んでいるのは、無害化されたパラサイトだ。雁字《がんじ》搦《がら》めに封印したパラサイトを意識の奥底に沈めることで、君たちの言う魔法演算領域に蓋をしている」

「パラサイトを無害化……？」

そんなことができるのか、と言外に疑問を呈する達也《たつや》。

「君にもできるだろう？」

八雲《やくも》は「何を言っているんだ」という口調でそれに応じた。

「基本的な原理は『封玉《ふうぎょく》』と同じだ。外側を固めて自由に動けなくする。水波《みなみ》くんに憑《つ》いているパラサイトに使われている術の方が技巧的だけど」

「先生。その封印が解ける心配は無いのですか？」

深雪《みゆき》がすがるような口調で問う。

「単なる封印ではないからねぇ……。このパラサイトは『何もせずそこにいろ。動くな』という命令で縛られている状態だ。妖魔の意思を無視して無理矢理閉じ込める封印と違って、支配従属関係が続く限りは大丈夫じゃないかな」

この答えは、深雪《みゆき》が求めるものではなかった。

「その関係はどの程度続くのですか？」

不可逆的な変化を引き起こす魔法はあっても、永続的な効果を持つ魔法は存在しない。例えば深雪《みゆき》の『コキュートス』は精神を不可逆的に不活性化するものであって、凍結状態を強制し続けるものではない。

「効果が切れそうになったら、術者が掛け直しに来ると思うよ」

「……それは、そう長くは持たないという意味でしょうか？」

恐る恐る深雪《みゆき》が訊《たず》ねる。

「──光宣《みのる》が水波《みなみ》の許《もと》にやって来ると？」

八雲《やくも》が深雪《みゆき》の質問に答える前に、達也《たつや》が別の問い掛けを投げる。

「本人はそのつもりだろうね。封印が解ければ、パラサイトは水波《みなみ》くんを侵食し始める。それを許すなら、最初からこんな手間の掛かる術を掛けたりはしない。水波《みなみ》くんの意思を無視して仲間にしてしまった方が九島光宣《くどうみのる》の目的には合っているんじゃないかい？」

「ミノルの目的って？」

リーナが誰に対してともなく疑問を口にする。

それに答える者はいなかった。

光宣《みのる》が「水波《みなみ》の病を治したいだけ」と言っていたことを達也《たつや》と深雪《みゆき》は知っている。二人とも最初はそれを信じた。だが今では、達也《たつや》も深雪《みゆき》も光宣《みのる》の本心は別にあるのではないかと疑っていた。

そして深雪《みゆき》は「水波《みなみ》も本当は同じ願いを懐《いだ》いているのではないか」と心の奥で恐れ、達也《たつや》はその本音が明らかになることで深雪《みゆき》が傷つくのを恐れていた。

◇　◇　◇

八雲《やくも》の寺から調布《ちょうふ》の自宅に戻った達也《たつや》たちは、リーナも含めて、深刻な顔つきでリビングに勢揃《せいぞろ》いしていた。

「あの、今のところ日常生活に支障はありませんし、私のことでお悩みにならなくても……」

重苦しい雰囲気に耐えかねたのか、水波《みなみ》が怖《お》ず怖《お》ずと切り出す。

「……四葉家《よつばけ》に系統外魔法が得意な魔法師はいないの？」

その言葉を無視して、リーナが達也《たつや》と深雪《みゆき》に訊《たず》ねた。

「そういう魔法は分家の一つ、津久葉家《つくばけ》が得意にしているけど……。先生の手に負えないのですもの。津久葉家《つくばけ》当主の冬歌《とうか》様や次期当主の夕歌《ゆうか》さんでも、何とかできるとは思えないわ」

深雪《みゆき》が弱々しく首を横に振る。

診断が出た後、達也《たつや》たちは当然、水波《みなみ》の中にいるパラサイトを除去できないかと八雲《やくも》に訊《たず》ねた。だが八雲《やくも》の回答は芳《かんば》しくなかった。

八雲《やくも》は凄腕《すごうで》の古式魔法師だ。達也《たつや》が周公瑾《しゅうこうきん》を追討する際に対決した、名前だけの『伝統派』とは違って、術者として本物の伝統を受け継いでいる。

古来、魔法を使える者の最も重要な使命は妖《あやかし》、魔物より民を守ること。その為《ため》の、妖魔を退け、討つ魔法を八雲《やくも》は高いレベルで修得している。その八雲《やくも》でも、水波《みなみ》の中からパラサイトを除去することはできなかった。

彼の弁に依《よ》れば、水波《みなみ》の中にいるパラサイトは封印された状態だという。いや、「パラサイトは水波《みなみ》の中に封印された状態」と言う方がニュアンスとしては正しいだろうか。水波《みなみ》を器にしてパラサイトを封印しており、封印されたパラサイトが蓋となって水波《みなみ》の魔法演算領域の活動を抑えている状態だと八雲《やくも》は説明してくれた。

パラサイトを強制的に引き剝がす為《ため》には水波《みなみ》の中でいったん封印を解除してから退治すると

いう手順を踏まなければならず、解除の段階でパラサイトによる侵食のリスクに曝《さら》されてしまう。パラサイトは意識と無意識の境界という精神の深い領域に沈められており、侵食が始まれば仮に同化を避けられたとしても水波《みなみ》の精神が大きなダメージを被《こうむ》るのは避けられない。

パラサイトを取り出す為《ため》には退魔ではなく従魔の術が必要だ、というのが八雲《やくも》の結論だった。つまりパラサイトを従え操る術法だ。自分にはパラサイトを滅ぼすか、封印するか、そのどちらかしかできない。八雲《やくも》は苦い表情で、口惜《くや》しげに笑いながらそう告げた。

「……光宣《みのる》を探し出して術を解除させるしかないか」

達也《たつや》も深雪《みゆき》もリーナも、遠慮する水波《みなみ》の言い分は聞いていなかった。リーナの質問に対する深雪《みゆき》の回答の後、達也《たつや》はそう結論を出した。

「やはり、それしかありませんか」

「でも、どうやって見付けるの？　ミノルの行方に関する手掛かりは無いんでしょう？」

深雪《みゆき》が達也《たつや》の言葉に頷《うなず》き、リーナがその問題点を指摘した。

彼女は意地悪で水を差しているのではない。逆に水波《みなみ》のことを本気で心配しているから、自分が不安に感じたことを口にせずにはいられなかったのである。

「逃亡先に関する光宣《みのる》の選択肢は、余り多くない」

「どういうこと？」

達也《たつや》が何を言おうとしているのか理解できず、リーナは頭上に大きな疑問符を浮かべながら訊《たず》ねた。深雪《みゆき》も戸惑いを隠せずにいる。

無論達也《たつや》は、この状況で勿体《もったい》を付けるような真似《まね》はしなかった。

「どれ程高い魔法技能を有していても、光宣《みのる》はまだ高校二年生の少年だ。病気がちで入院も多かったあいつには、学校外に人脈を広げる機会も無かった」

「しかしお兄様。光宣《みのる》君は周公瑾《しゅうこうきん》の知識を吸収しているのではありませんか？」

「そうだ」

深雪《みゆき》の反論に頷《うなず》きつつ、達也《たつや》は「だからこそ」と続けた。

「光宣《みのる》が選ぶ逃走路は、周公瑾《しゅうこうきん》が知っているものに限られると俺は考えている」

「具体的には？」

リーナは周公瑾《しゅうこうきん》のことを良く知らない。当然「周公瑾《しゅうこうきん》とはどんな人物で、どのような事情でその知識を光宣《みのる》が受け継いでいるのか？」という疑問を彼女は懐《いだ》いた。だがそれを訊《き》くと込み入った話になりそうだと察したリーナは、ここは時間を浪費している場面ではないと考えて、自分の好奇心を封印し結論だけを達也《たつや》に求めた。

「周公瑾《しゅうこうきん》に縁のある土地は極東アジアと北アメリカ」

「それ、広すぎない？」

呆《あき》れ顔《がお》のリーナ。

それはもっともな指摘だったが、達也《たつや》に動じた様子は無い。

「極東アジアでつながっていた犯罪シンジケート『無頭竜《No Head Dragon》』は二年前、日本と大亜連合の警察組織が共同して潰した。また亡命ブローカーとして利用していたルートも厳しい摘発を受けて壊滅状態と聞く」

「逃亡先として東アジアは考えなくても良いということですね？」

「そう思う」

深雪《みゆき》に向かって達也《たつや》が頷《うなず》く。

「水波《みなみ》、一つ教えてくれ」

ここで達也《たつや》が、それまで達也《たつや》たちに無視される格好になっていた水波《みなみ》に目を向けた。

「はい、何でしょうか」

水波《みなみ》は不満を見せず——実際に、不平も不満も覚えていなかったのだろう——素直に返事をする。

「お前が日本から連れ去られた際、光宣《みのる》にはパラサイトの同行者がいたのではないか」

「……はい」

達也《たつや》が水波《みなみ》に逃亡中のことを訊《たず》ねたのは、これが初めてだ。今までは水波《みなみ》が告白衝動に駆られても、達也《たつや》も深雪《みゆき》も話を逸《そ》らして聞こうと——水波《みなみ》に語らせようとしなかった。

「その者の正体を知らないか。名前だけでも良《い》い」

「光宣《みのる》さまは『レイモンド』と呼んでいました」

達也《たつや》の問い掛けに、水波《みなみ》は記憶を探る素振りも無く答えを返す。

「金髪碧眼《へきがん》の、整ってはいるが何処《どこ》となく子供っぽい印象がある白人青年ではないか？」

「そうです。達也《たつや》さま、ご存じなのですか？」

「お兄様、それって……」

水波《みなみ》と深雪《みゆき》の疑問には答えず、達也《たつや》は中断していた説明を再開した。

「東アジアが逃走先の候補から外れる一方で、北アメリカ、特にカリフォルニアは周公瑾《しゅうこうきん》のボスである顧傑《グ・ジー》が半年前まで潜んでいた地域。それに今、水波《みなみ》が話してくれたように北西ハワイ諸島から逃亡した光宣《みのる》に、アメリカ出身のパラサイトが同行しているのは確実だ。光宣《みのる》の潜伏場所として最も可能性が高いのはUSNA西海岸だと思う」

「それでもまだ広すぎると思うけど……。どうやって探すつもり？」

母国の広さを知るリーナが「本当に見付けられるのか」という不安を隠せぬ声で訊《たず》ねる。

「俺個人で探すには広すぎるだろう。四葉《よつば》家の情報網を総動員しても難しいと思う。だが、USNA連邦政府ならどうだ？　国土安全保障省《DHS》やCIA対テロ・センターあたりなら密入国したパラサイトを見付け出すのも不可能ではないと思うが」

自分の質問に対する達也《たつや》の答えに、リーナは軽く顔を顰《しか》めた。

「……ついでにFBIの国家保安部まで動かせれば難しくないでしょうね」

どうやら達也《たつや》が使った「不可能ではない」という表現が、リーナにとっては控えめすぎる評価だったようだ。

「それで？　カーティス上院議員に『ミノルを探してください』ってお願いするの？　それともワタシから国防長官の秘書に依頼する方が良《い》いかしら」

　リーナの少し投《な》げ遣《や》りなセリフに、達也《たつや》は薄らと笑った。

「ホワイトハウスがせっかく派遣してくれたんだ。早速、一仕事お願いするとしよう」

　達也《たつや》が皮肉っぽく口にしたのは、達也《たつや》に宛てたＵＳＮＡ大統領府の親書に「アンジェリーナ・シールズ中佐を無償無期限で貸し出す」と書かれていたことを指している。

　リーナはＵＳＮＡ軍を辞めて来日した。将来的には日本に帰化するつもりでいる。ある意味これは「平和的亡命」であり、ＵＳＮＡは国家公認戦略級魔法師に逃げられたと言える。しかし面子《めんつ》に懸けて、そんなことを認められるはずがない。そこでＵＳＮＡの政府と軍は、受け取った辞表はアンジー・シリウス少佐のものであってアンジェリーナ・シールズの退役は認めていない、リーナの訪日はアンジー・シリウスの正体である「アンジェリーナ・シールズ中佐」を日本における秘密工作任務に投入した結果だと強弁することにしたのである。

　そしてその秘密任務が「無償・無期限の貸与」という体裁を取った「戦略級魔法師・司波《しば》達《たつ》也《や》の監視と懐柔」というわけだ。

　無論、達也《たつや》はそんな裏側の諸事情まで打ち明けられたわけではない。彼がＵＳＮＡ政府から伝えられているのは「無償・無期限の貸与」の部分だけだ。あとは達也《たつや》の推理に過ぎない。だが今この場では、彼の推理が当たっていても外れていても、どちらでも良かった。

「リーナ、光宣《みのる》の捜索を連邦政府に依頼してくれ」

「ハイハイ。ワタシはアナタに貸し出されているのだものね」

メッセンジャー役が務まる人間がここにいるという事実だけで十分だった。

リーナはアメリカ東海岸が朝になるのを待って、ペンタゴンのバランス大佐を電話で呼び出した。

敢《あ》えて特別な暗号は使っていない。

通常の――「軍にとっては」という意味で特別ではない暗号を使った通話で、リーナはバランスに光宣《みのる》の捜索を依頼した。

◇　◇　◇

「光宣《みのる》。どうやら連邦政府が動き出すみたいだよ」

西海岸はまだ早朝だが、光宣《みのる》とレイモンドは起きていた。

いや、まだ起きていたと言うべきか。ここ最近は吸血鬼らしく、彼らは朝に眠って夕暮れに目を覚ます生活を続けている。

「連邦政府が？　連邦軍ではなくて？」

二階の窓のカーテンを少しだけ開けて、活動を始めたばかりの街を見ていた光宣《みのる》がレイモンドの声に振り返る。

彼らは意思疎通に声を出す必要はないのだが、この隠れ家にいるのはパラサイトばかりではない。むしろ人間の魔法師の方が多い。声で会話するよう心掛けている主な理由はその方が二人とも性に合っているからだが、「組織」の人間に無用な猜疑心《さいぎしん》を持たれない為《ため》という面もあった。

二人がいるのはロサンゼルスの港に近い一角。光宣《みのる》とレイモンドは、魔法師で構成されている某過激派組織の一拠点に匿《かくま》われていた。

「依頼を受けたのは軍だけど、ＦＢＩやＣＩＡが出てくるんじゃないかな」

「ＣＩＡは国外担当じゃなかった？」

首を傾《かし》げた光宣《みのる》に、レイモンドは嫌みの無い笑顔で首を横に振った。

「テロリスト対策には国外も国内もないよ」

「僕たちはテロリストかい？　まあ……そう言われても仕方が無いか」

ここに来る直前、光宣《みのる》は連邦軍の基地を一つ、全滅させている。パールアンドハーミーズ基地の壊滅をＵＳＮＡ軍は達也《たつや》の仕業だと思い込んでいるが、基地に残っていた将兵を皆殺しにしたのは光宣《みのる》だ。この事実を振り返れば、テロリストと言われても否定できない。

「捜索を依頼したのは達也《たつや》だ。君の予測より大分早かったね」

レイモンドの指摘に光宣《みのる》が眉を顰《ひそ》める。それは不快感の表明ではなく、予想外の良くない事態を懸念《けねん》している表情に見えた。

「それで、どうする？　ここでお世話になってまだ半月だけど、ＦＢＩやＣＩＡが相手じゃ、見付かるのも時間の問題だと思うよ」

「僕は日本に戻るよ」

光宣《みのる》の答えにレイモンドが目を丸くする。

「危険じゃないか？　達也《たつや》が待ち構えているよ、きっと」

「決着を付けなきゃならないんだ」

光宣《みのる》の目には固い決意が宿っている。テレパシーを使わなくても、翻意させるのは無理だとレイモンドは理解した。

「じゃあ、僕も行くよ」

レイモンドは説得の代わりに、深刻さの欠片《かけら》も無い口調でそう告げた。

「何を言うんだ⁉　僕が日本に戻るのはそうする必要があるからだ。予定より随分早いけど、元々いずれは帰国するつもりだった」

顔色を変えた光宣《みのる》がレイモンドの両眼を真剣な目付きでのぞき込む。

「戻るのは僕の事情だ。レイモンド、君まで危険を冒す必要はない」

「その事情って、水波《みなみ》の治療だよね？」

レイモンドの軽い口調は変わらない。

「言っただろ？　僕の望みは、君たち二人の物語を最後まで見届けることだ」

息を呑《の》む光宣《みのる》に、そのままの調子でこう付け加えた。

「その為《ため》ならこんな命、惜しくないよ」

［2］

八月十日、USNA国防長官付き秘書官ジェフリー・ジェームズと面会した翌日。

水波《みなみ》の件は光宣《みのる》の捜索をUSNA当局に依頼し、当面は待つことしかできない。

昨日の今日で巳焼島《みやきしま》に戻るのも慌ただしすぎると考えた達也《たつや》は、四葉家《よつばけ》東京本部を兼ねるマンションビルの、地下に設けられた研究室で魔法式保存用レリックの工業的な製法確立に取り組んでいた。

最上階の自宅にいる深雪《みゆき》から内線電話が掛かってきたのは作業を始めてから約三時間が経過した、午前十一時前のことだった。

『たった今、ほのかから電話がありまして』

達也《たつや》が用件を訊《たず》ねると、深雪《みゆき》はそう切り出した。深雪《みゆき》の表情を見る限り、その電話は悪い報《しら》せではないようだ。

『国防軍がモノリス・コードの交流戦に力を貸してくださるそうです』

確かに良《い》いニュースだったが、少々意外だった。随分露骨な真似《まね》をする。達也《たつや》はそう感じて顔を顰《しか》めそうになる。

国防軍がいきなり態度を変えたのは、達也《たつや》がUSNA政府の高官と接触したのを知ったからだろう。彼がアメリカに寝返るのを恐れているのだろうか。

馬鹿馬鹿しい、と達也《たつや》は思った。少し甘い言葉を囁《ささや》かれただけで簡単に陣営を変えると思われているなら不快だし、この程度のことで歓心を買えると国防軍が考えているのだとすれば、もっと不愉快だった。

「良《い》いニュースじゃないか。今から準備を始められるのなら、月末には間に合いそうだな」

しかしそんな思いはおくびにも出さず、達也《たつや》はこの話題に相応《ふさわ》しい笑顔をカメラに向けて相《あい》槌《づち》を打った。

『はい。それでわたしも、準備のお手伝いに行きたいのですが』

「登校するのか？」

『はい。いけませんでしょうか……？』

「もちろん構わない。すぐに出るのか？」

画面の中の深雪《みゆき》は制服に着替えていた。

『そのつもりです』

「分かった。すぐ部屋に戻る」

達也《たつや》は当然、深雪《みゆき》に同行するつもりだった。

彼がそのつもりでそう言ったのを、深雪《みゆき》はその場で理解した。

『いえ、学校にはリーナについてきてもらいますので……。お兄様はまだ、あまり外を出歩かれない方がよろしいかと』

ス」

この発言は道理だった。巳焼島《みやきしま》防衛戦から今日でまだ六日。彼が不用意に街へ出れば、遠いう言葉を何処《どこ》かに置き忘れた自称ジャーナリストに付き纏《まと》われるのが目に見えている。

『個型電車《キャビネット》ではなく車で学校まで送ってもらいますので、ご心配をお掛けするようなことはないと思います』

「そうだな。そうしなさい」

このビルは四葉《よつば》家の東京本部。達也《たつや》がハンドルを握らなくても、ここには次期当主である深《み》雪《ゆき》の為《ため》の運転手が常に待機している。

『はい。暗くなる前に戻りますので』

「帰りも必ず迎えを呼ぶように」

『かしこまりました。それでは、行ってまいります』

達也《たつや》があの宣言——自分には国家を相手取って戦う力があるというメッセージ——を世界に向けて放った日から、一週間も経《た》っていない。今の状況で登校するのは彼自身の為《ため》にならないというより周りが迷惑するだろう。同行を避けるべきというのは合理的な判断で、深雪《みゆき》に忌避されたのでないことは分かっている。

だから「兄離れ」などと考えるのは馬鹿げていた。

馬鹿げていると、頭では理解していた。

◇◇◇

「ねえ、ミユキ。ワタシ、詳しい事情を知らないんだけど、そもそも何が中止になって何の開催が決まったの？」

一高に向かう車の中で、リーナが深雪《みゆき》に訊《たず》ねる。

リーナが再来日したのは六月の下旬だ。その時にはもう、九校戦の中止は決まっていた。前回彼女が日本に留学していたのは一月から三月。リーナは九校戦という行事自体を知らない。事情が分からないのは当然と言える。

「中止になったのは『九校戦』、正式名称を『全国魔法科高校親善魔法競技大会』という、第一から第九までである魔法大学付属高校がスポーツ系の魔法競技で競い合うイベントよ。毎年今の時期に開催されていたのだけど、今年は中止になったの」

「何で？」

「五月の頭に中央アジアの大亜連合軍基地が武装ゲリラに襲われた事件を、リーナは覚えていしら」

エール・デルタ解放軍が犯行声明を出したヤツでしょ？　覚えてる」

は元軍人だけあって、その事件をしっかり記憶していた。

「その襲撃に使われた魔法『能動空中機雷《アクティブ・エアー・マイン》』は、お兄様が開発して一昨年の九校戦で初披露した魔法なの」
「へぇ、そうなんだ。それで？」
リーナに驚きは無い。達也《たつや》なら戦術級魔法の一つや二つ、新たに開発することなど朝飯前だと彼女は知っている。
「武装ゲリラに利用されるような危険な魔法技術を拡散する大会は危険だから止めるべきだ、という声が上がってね。大規模魔法による非人道的大量殺傷が声高に非難されていた時期だったから、世論の反発を恐れて今年の九校戦は中止になったのよ」
「何それ？　酷《ひど》い言い掛かりじゃない！　人が死んだのは魔法を使ったヤツの責任、ううん、魔法の使用を命じたヤツの責で、タツヤには何の責任もないでしょう。そもそもあの件で死亡、負傷したのは全員るか人だったと聞いているわよ。ゲリラの肩を持つわけじゃな
「ニジ
いけど、一般人のリーナはおかしいわよ」
ように」ではなく、戦略級魔法師である彼女に
リーナが自分のこ
とっては、実感とし感情だから」
「リーナの言うとお
理屈どおりにはいかという言葉を深雪《みゆき》は呑《の》み込《こ》んだ。
リーナには、口にされなかったその言葉が聞こえていた。

「……それで、中止になった九校戦の代わりに九校間でモノリス・コードの交流戦を行おうという話が持ち上がってね。色んな所に協力をお願いしていたのだけど、上手《うま》く行っていなかったのよ。──昨日までは」

最後の一言は、皮肉げな口調だった。それが深雪《みゆき》の内心を雄弁に物語っている。国防軍の掌返《てのひらがえ》しは、深雪《みゆき》にとっても不愉快でないはずはなかった。

「今朝急に風向きが変わったということ？　ねえ、それって……」

「ええ、多分そういうことでしょうね」

中途半端《ちゅうとはんぱ》なところでセリフが終わっていたにも拘《かか》わらず、深雪《みゆき》はリーナに向かって頷《うなず》いた。

その目を見て、リーナは深雪《みゆき》が自分と同じ考えであると覚《さと》る。二人は「国防軍の態度が変わったのは、達也《たつや》とUSNA国防長官付き秘書ジェフリー・ジェームズの面会が影響しているに違いない」という推測を共有していた。

◇　◇　◇

夏休みの、しかも土曜日であるにも拘《かか》わらず、一高の校内は大勢の生徒で賑《にぎ》わっていた。

中止になった九校戦の代わりに交流戦の開催が決定したというニュースが、この短時間で広く伝わっているということだろう。生徒たちはそれだけ九校戦の中止を残念に思っており、モノリス・コードだけでも復活したと知って居ても立ってもいられなくなったのだ。

そんな状態だから、深雪《みゆき》とリーナが高級セダンで登校した姿を目撃した生徒は少なくなかった。そして誰も、奇異の目を向けなかった。深雪《みゆき》が何者なのか知らない一高生は、今やいない。

彼女に向けられる視線の中にあるものは恐怖——ではなく憧憬と称賛、そして崇拝。

「深雪《みゆき》お姉様！　ああ、お会いしとうございました！」

……彼女ほど熱烈で直球の想《おも》いは希《まれ》だったが。

「先日は素晴らしいご活躍だったとうかがっております！　ですが、お怪我《けが》はありませんでしたか？　ご無理をなさってはいませんでしょうか？」

「泉美《いずみ》ちゃん、少し落ち着いて。わたしは怪我《けが》もしていないし無理もしていないわ」

深雪《みゆき》ももう、慣れたもの。今では泉美《いずみ》の態度に顔の一部を引《ひ》き攣《つ》らせるようなこともない。

——反射的に少し引いてしまうのは、どうしようもなかったが。

「泉美《いずみ》、いきなり抱きついたりするから会長が引い……驚いてるだろ」

エキサイトする泉美《いずみ》を、双子の姉である香澄《かすみ》がたしなめる。

「くっ……か、香澄《かすみ》ちゃん、苦しい！　苦しいですよ！」

「良《い》いから離れる」

香澄《かすみ》に後ろから襟を引っ張られて、泉美《いずみ》は渋々深雪《みゆき》から手を離した。

「深雪《みゆき》先輩もモノリス・コードの件でいらっしゃったのですか？」

だが離れようとはしない。今の泉美《いずみ》は、久し振りに会えた飼い主に、一所懸命尻尾を振ってじゃれつく子犬のようだった。

「わたしもお手伝いできればと思って」

節度さえ守られていれば、深雪《みゆき》も慕われて悪い気はしないのだろう。深雪《みゆき》は微笑《ほほえ》ましげな表情を向けて泉美《いずみ》に答えた。

「ほのかは生徒会室?」

「いえ、光井《みつい》先輩は部活連本部にいらっしゃいます」

「ありがとう。リーナ、行くわよ」

深雪《みゆき》は放置状態になっていたリーナに声を掛けて部活連本部がある部室棟へ向かう。

「ご一緒します」

その横に泉美《いずみ》がぴったりとついていく。

一歩下がった距離感を保ちながら、リーナが「やれやれ」といわんばかりに肩をすくめた。

彼女がふと隣を見ると、香澄《かすみ》が歩きながら同じような仕草をしている。

リーナと香澄《かすみ》の間に、友情に似た共感が生まれた。

深雪《みゆき》が部活連本部に着いた時、ほのかはちょうどそこを離れようとしていた。ぎりぎりで行き違いにならずにすんだ格好だ。

「深雪《みゆき》!? お家《うち》の方はもういいの?」

「ええ。元々、わたしがしなければならない仕事なんてほとんど無いのよ」

ほのかの言葉に、深雪《みゆき》は注意して見なければ分からない程度の微《かす》かな苦笑いと共に答えた。

「そうなの? 凄《すご》く忙しいんだと思ってた」

意外そうに、ほのかが返す。

「達也《たつや》様はお忙しくていらっしゃるわ。そうとは仰《おっしゃ》らないけど、多分わたしの分まで」

「そうなんだ……」

ほのかが落胆の呟《つぶや》きを漏らした。

…い深雪にも良く理解できた。

…の…実。一緒にいられる時間が減って、深雪《みゆき》も本当は寂しさを覚えている。

や…と達也《たつや》が言ってくれたのを、止めたのは深雪《みゆき》だ。

「それよりほのか、…開催できる目処《めど》が立ったのでしょう? 良かったわね」

彼女はその罪悪感を、…ることで誤魔化した。

「うん、それはそうなん…

「何かあったの?」

ほのかの…ような言い方に、深雪《みゆき》が首を傾げる。

「何だか、いきなりだっ…

そこへほのかの背後から歩み寄った雫《しずく》が口を挿《はさ》んだ。雫《しずく》がここにいるのは何ら不思議ではない。彼女は自他共に認めるモノリス・コードのフリークだ。交流戦の準備に関わろうとしないはずはなかった。

「いきなりって？」

今度は深雪《みゆき》の背後にいたリーナが進み出て訊《たず》ねる。多分、リーナは会話に参加する機会を窺《うかが》っていたのだろう。

「達也《たつや》さんにアドバイスしてもらってすぐに、五十嵐《いがらし》くんがＯＢの伝手《つて》をたどって陸軍の広報部にお願いしてみたんだけど。彼、感触が良くないって昨日までずっとぼやいていたの」

「それが今朝、急に向こうから連絡があった」

「国防軍から？」

ほのかのセリフを受けた雫《しずく》の言葉に、裏の事情に心当たりがあることを隠しながら、深雪《みゆき》が問いを返す。

「うん、そう」

「モノリス・コード交流戦を、例年の九校戦と同じレベルで後援したい、って」

雫《しずく》が頷《うなず》き、ほのかが詳しい内容を補足する。

「五十嵐《いがらし》君がそう言ったの？」

深雪《みゆき》は敢《あ》えて、疑うようなセリフを口にする。

「電話が掛かってきた時、私もその場にいたから間違いないよ」

ほのかのこの答えは、ヴィジホンが普及した現代ならではのものだろう。一対一が一般的だった音声通話の時代と違って、ヴィジホンはイヤホンやヘッドホンを使わなければ同席している者に会話が聞こえる。

「びっくりしちゃった」

ほのかがその時を再現するように目を丸くしてみせる。

「そうでしょうね」

相槌《あいづち》を打つ深雪《みゆき》の袖をリーナがクイッ、クイッと引っ張る。

「ねえ、それって……」

小声で囁《ささや》きかけるリーナを、それに続く「やっぱり」というセリフを、深雪《みゆき》は目で止めた。

その遣《や》り取《と》りにほのかも雫《しずく》も泉美《いずみ》も香澄《かすみ》も気付いていたが、四人とも詮索しなかった。

「深雪《みゆき》先輩、リーナ先輩、お昼はまだですよね？」

詮索する代わりに、泉美《いずみ》が話題を変える。

「詳しいお話はお食事をしながらにしませんか？」

「そうね」

泉美《いずみ》の気遣いに深雪《みゆき》が即、頷《うなず》く。

「では食堂に参りましょう」

　席に着いたリーナが去って行くレオたちの背中を見ながら「準備会議って？」と相手を定めずに訊《たず》ねる。

「今日の議題は選手の選考です」

　答えを返したのは泉美《いずみ》だった。他の四人がリーナを無視したのでは無論なく、彼女が一番早く反応しただけだ。

「まだ決まっていなかったのね」

　深雪《みゆき》の呟《つぶや》きは理由を訊《たず》ねるものではなく独り言だった。

「本当に開催できるかどうか、分からなかったから」

　しかしそれを質問と解釈したのか、ほのかが隣からそう返す。なお座席の位置関係は通路側から片方のサイドに泉美《いずみ》、深雪《みゆき》、ほのか、もう片方が香澄《かすみ》、リーナ、雫《しずく》という順番だ。

「セレクションを後回しにしていたの？」

　リーナの声には批判的なニュアンスがあった。

「仮メンバーで練習は進めていた」

　それを「練習しなくても良いのか」と解釈したのか、雫《しずく》がこう反論する。

「そのメンバーで良《い》いんじゃない？」

「モノリス・コードは一チーム三人。練習には2チーム以上必要」

「ああ、それもそうね。じゃあその中からレギュラーを決めるのね」

リーナの推測は自然なものだが、ほのかは首を縦に振らなかった。

「そうと決まっているわけじゃないよ。色んな事情で練習に参加できなかった生徒もいるし」

リーナに向けられているほのかの視線が、チラチラと深雪《みゆき》の方へ揺れる。

「タツヤとか？」

その視線の意味を推理するのは、リーナでなくても容易だっただろう。

「残念だけど、達也《たつや》様は無理よ。お忙しいもの」

深雪《みゆき》がほのかのチラ見に、少し寂しそうに応えた。

「そっかぁ……。そうだよね」

もしかしたら、という期待を明確に否定されて、ほのかが肩を落とす。

「第一、他校の生徒が嫌がると思うわ」

「そうだね」

「私もそう思います」

深雪《みゆき》の冷静な――おそらく個人的感情とは正反対の――指摘に、雫《しずく》と香澄《かすみ》が続けて同意を示した。

「仕方が無いですよ、深雪《みゆき》先輩。司波《しば》先輩は今や、世界最強の魔法師の一人。高校生の競技会に出場するには、司波《しば》先輩のお名前は大きくなりすぎました」

泉美《いずみ》にとって達也《たつや》を褒めるような真似《まね》は、本来極めて不本意だ。

しかしこの場は深雪《みゆき》の心を慰める方が、泉美《いずみ》にとっては優先された。

「分かっているわ。泉美《いずみ》ちゃん、ありがとう」

「はうっ！　もったいないお言葉です……」

自分の世界に浸っている泉美《いずみ》の邪魔をする無粋な人間はいなかった。彼女のことは深雪《みゆき》に任せて、リーナはほのかと雫《しずく》に交流戦の詳細を訊《たず》ね、そこから発展して去年の九校戦の話題で、香澄《かすみ》も交えて盛り上がった。

◇　◇　◇

深雪《みゆき》たち六人が部活連本部に戻ったのは、モノリス・コード交流戦の選手選考会議が始まろうとしているタイミングだった。

進行役は部活連会頭・五十嵐鷹輔《いがらしようすけ》。記録係として生徒会書記の三矢詩奈《みつやしいな》が五十嵐《いがらし》の隣の席に着いている。

会議のメンバーの中には、幹比古《みきひこ》、レオ、そして意外な参会者としてレオが言ったとおり、エリカの姿もあった。深雪《みゆき》の視線に気付いたエリカが、軽く手を振って返す。

「司波《しば》会長、態々《わざわざ》すみません」

深雪《みゆき》の姿を見て、五十嵐《いがらし》はすっかり恐縮していた。

「生徒会長として無関心ではいられませんので。どうぞ、わたしに構わず始めてください」

「は、はい。そうですね」

深雪《みゆき》に促される格好で、五十嵐《いがらし》が会議の始まりを告げた。

「具体的な議論を始める前に、一つお報《しら》せしておくことがあります」

開会を宣言した後、議長の五十嵐《いがらし》から発言があった。

「先程他校の代表と協議した結果、今回の交流戦では、十師族血縁者は出場を辞退してもらうことになりました」

ざわめきが起こる。だがそれは、すぐに収まった。特に質問や反発は無い。参会者全員が、「仕方が無いな」という顔で納得していた。

「では候補者を上げてください」

立候補は募らない。今回は他薦のみと、事前に決まっている。

手はすぐに上がった。

仮チームとはいえ既に何度も練習を重ねて、候補はある程度絞られている。

真っ先に名前が挙がったのは、去年も選手として出場した幹比古《みきひこ》。

次に進行役をしている五十嵐《いがらし》が推薦される。気弱なところはあるが、彼の実力は一高生の誰もが認めている。ただ先輩や同級生にもっと凄《すご》い生徒がいる所為《せい》で、これまで表立って活躍する機会が無かっただけだ。

次に名前が挙がったのは森崎《もりさき》だった。入学してしばらくは勘違いと空回りが目立っていたが、一年生の夏休み明け頃から虚勢を張る悪癖が影を潜め、それと共にテクニカルな魔法運用という本来の長所を発揮し始めた。今ではキャパシティや干渉力で劣っていてもテクニックでそれを補って余りある結果を出す、一高有数の技巧派魔法師という評価を勝ち取っていた。——その評価を、本人が良しとしているかどうかは別にして。

「五十嵐《いがらし》、一言良《い》いか」

推薦とそれを支持する声を受けた森崎《もりさき》が手を上げて立ち上がった。

「推薦してもらったのは嬉《うれ》しいが、俺は一高の代表に相応《ふさわ》しくない」

そんなことはない、という声が上がる。だが森崎《もりさき》は退かなかった。

「自分の実力は良く分かっている。俺では力不足だ」

「誰か他に推薦したい生徒がいるのか？」

五十嵐《いがらし》の問い掛けに、森崎《もりさき》は迷わなかった。

「俺より西城《さいじょう》の方が相応《ふさわ》しいと思う」

「オレっ⁉」

レオが自分を指さして調子外れな声を出した。二人は入学早々もめ事を起こした間柄だが、今はもうレオと森崎《もりさき》の間に確執は無い。だからといって、森崎《もりさき》の口から自分の名前が選手候補として出てくるなど、レオにしてみれば思いも寄らぬことだった。

「西城《さいじょう》は新人戦での実績もある。吉田《よしだ》との連携にも慣れている。俺が出るより、好結果を残せると思う」

「いや、チョッと待ってくれよ。新人戦のアレは達也《たつや》のお膳立てがあったからだぜ？　硬化魔法以外まともに使えないオレは、モノリス・コードのルールじゃ本来満足に戦えねえよ」

レオは謙遜ではなく、本心から辞退を申し出た。

「二年前は戦えたじゃないか。得意魔法の問題は、同じデバイスを使えば解決する」

しかし森崎《もりさき》は納得しなかった。彼もまた、レオが選手に相応《ふさわ》しいと真剣に考えているのだ。

「いやいや、ありゃ、相手が想定していない奇襲だったから通用したんだ。オレが出場すると分かれば、どの学校も対策してくるだろうよ」

「それでも、俺より西城《さいじょう》の方が相応《ふさわ》しいと思う」

レオと森崎《もりさき》、どちらも譲る気配は無い。

ここで五十嵐《いがらし》が口を挿《はさ》んだ。

「西城《さいじょう》君、森崎《もりさき》君の意思は固いようだ。君の言うことも分かるけど、そこを曲げて出場してもらえないかな」

「レオ、君の得手不得手は良く知っている。その上で君には代表選手として活躍してくれる実力があると私も考えているよ。この場に集まっている者は皆、きっと同じ意見だ」

これは剣術部部長、相津《あいづ》のセリフ。どうやら彼も、レオの出場に賛成らしい。

「いや、待ってくれって。別に出るのが嫌だってわけじゃないが、魔法の向き、不向きを度外視して良いんなら、俺より適任がいるだろ」

「西城《さいじょう》君は誰を推薦するの？」

五十嵐《いがらし》の問い掛けに、レオは迷う素振りもなく答えを返す。

「エリカだ」

「へっ⁉　あたし⁉」

エリカの驚きようは、先程のレオを超えていた。まさに「鳩《はと》が豆鉄砲を喰《く》らった」ようだった。

「認めるのも癪《しゃく》だが、エリカは俺よりもずっと戦い慣れている。遠隔攻撃ができない俺と違って、無系統の斬撃を飛ばす技もある。本当に癪《しゃく》だが、俺より間違いなく戦力になるだろうぜ」

二度も「癪《しゃく》だ」を繰り返す辺り、レオは正真正銘の本気だ。

「でも女の子だよ」

「女子じゃまずいのか？」

五十嵐《いがらし》の常識的な反論にレオが反問する。

「まずいのかって……」

まさかそんな問い掛けが返ってくるとは、五十嵐《いがらし》は予想していなかったのだろう。彼が立ち往生している間に、レオが言葉を重ねる。

「モノリス・コードは直接接触禁止の競技だ。女子が出場しても変じゃねえよ。出場資格を男子に限っているのは、九校戦のルールだろ？」

「そうだね。大学では女子の試合も行われている」

「確かに。ステイツでは男女混合戦《ミックスマッチ》も見掛けるわ」

レオの指摘に、雫《しずく》とリーナが根拠を添えた。

なおリーナが言っている「ステイツでは」というのは「アメリカ軍の訓練では」なのだが、それはこの場で説明する必要の無いことだった。

「五十嵐《いがらし》君、ちょっと良《い》いかな」

幹比古《みきひこ》が行儀良く、手を上げる。

「どうぞ」

「九校戦にはちゃんと女子の競技がある。女子にも出場機会があるけど、今回の交流戦では時間の不足もあってモノリス・コードしか準備できなかった」

五十嵐《いがらし》に促されて、幹比古《みきひこ》が議論に参加する。

「中止になった九校戦の代わりの交流戦なのに、従来のルールどおりでは女子を締め出すことになってしまう。善人ぶるわけじゃないけど、僕はそれが気になっていた」

幹比古《みきひこ》の言葉に頷《うなず》く参会者たち。会議に参加している女子だけではなく、男子生徒の間にも同様の仕草を見せる者は多かった。

「僕たち生徒自身が企画する交流行事に女子が参加する機会を確保するという意味でも、エリカの出場は良《い》いことだと思う」

　幹比古《みきひこ》の指摘に、場の雰囲気が変わる。賛成、という声が幾つも上がった。

「……千葉《ちば》さん、どうかな？　西城《さいじょう》君が言ったように肉体的な接触は禁止されているけど、モノリス・コードは怪我《けが》も多い競技だ。九校戦で女子の種目に無かったのも、そこが考慮されていたんだと思う」

　五十嵐《いがらし》に問われたエリカが、立ち上がって一同をグルリと一度、見回した。

「あたしとしては、白兵戦禁止ルールの方が気に入らないんだけど」

　そう言って、エリカは不敵な笑みを浮かべる。

「じゃあ？」

「エントリーしても良いわよ。他の四人と一緒にね」

「他の四人？」

「吉田《よしだ》くん」

　エリカは幹比古《みきひこ》のことを「ミキ」ではなく名字で呼んだ。

「五十嵐《いがらし》くん、森崎《もりさき》くん、そしてそこのバカ」

「おい、テメエ！　何だそりゃあ！」

　打てば響くタイミングでレオが噛《か》み付《つ》く。本人たちは気を悪くするだろうが、まるで十年以上組んでいるコメディアンコンビのようだ。

「あっ、ゴメン。バカじゃなくて野獣だった」

「それでフォローしたつもりか！」

「怪我《けが》が多いんでしょ？　だったら交代要員は必要よね」

「無視すんな！　聞けよ！」

「ええと……」

「五十嵐《いがらし》君、わたしも発言して良い？」

エリカとレオを交互に見やりながら冷や汗を流す五十嵐《いがらし》は、深雪《みゆき》の言葉に「地獄に仏」と言わんばかりの表情で飛びついた。

「はい、会長！」

「エリカの言うとおり、メンバーを出場定員の三人に限る必要は無いと思います。レギュラーと補欠ではなくて、試合ごとに入れ替え可能な選手を選ぶという方式で良《い》いのではないかしら」

「はい、そうですね！」

エリカとレオの二人から余程意識を逸《そ》らしたいのか、五十嵐《いがらし》の声には随分と力が入っていた。

「皆さんがそれでよろしければ、他校にもお話ししてみてはどうでしょう？　女子選手出場の件も含めて、同意を取り付けておいた方が良《い》いと思いますが」

「仰《おっしゃ》るとおりだと思います！」

まるで泉美《いずみ》が乗り移ったような態度で——乗り移るも何も泉美《いずみ》は深雪《みゆき》の隣にいるのだが——五十嵐《いがらし》は深雪《みゆき》の提案を早速決議に掛けた。

採決の結果、全会一致。

エリカのモノリス・コード出場は、他校と調整した上で最終的に決定することに決まる。

「あっ、言い忘れていたけど」

ここであっさり終わらないのもエリカらしさか。

「あたし、道具にはうるさいから。弘法《こうぼう》筆を選ばずって言うけど、あたしはお大師様じゃないから我《わ》が儘《まま》言わせてもらうわよ」

「あら。エリカ、それって一説によれば、弘法大師《こうぼうだいし》程の方になると持っている筆は全て一級品ばかりだから敢《あ》えて選ぶ必要は無かったのだそうよ」

「あっ、そうなの？　じゃあ生徒会長のお墨付きってことで」

「ご心配には及びません」

エリカの挑戦的なセリフに応えて、一人の小柄な男子生徒が立ち上がった。

プラチナの髪、銀の目をしたその生徒のことをエリカは知っていた。

「千葉《ちば》先輩のデバイスは僕たちが責任を持って仕上げます！」

隅守《すみす》健人《けんと》。去年の九校戦で達也《たつや》のアシスタントを務めた二年生だ。

「そっ、期待してるわ」

今度こそエリカは、満足げに笑った。

［3］

一高で交流戦選手選考会議が始まった頃、達也《たつや》は電話が掛かってきたことを留守番の水波《みなみ》に告げられた。

「どこからだ？」

内線ヴィジホンで申し訳なさそうな顔をしている水波《みなみ》に、達也《たつや》は嫌な予感を面《おもて》に出さぬようにして訊《たず》ねる。

『魔法協会関東支部の百目鬼《どうめき》支部長様からです』

「つないでくれ」

達也《たつや》の中には面倒だという思いしか生まれなかったが、彼は水波《みなみ》にそう命じた。

『かしこまりました』

その声と共に五十過ぎの痩せた男性がモニター画面に登場した。

『司波《しば》達也《たつや》君だね？　私は魔法協会関東支部の百目鬼《どうめき》だ』

魔法協会支部長という地位によるものなのか長幼の序を重んじる質《たち》なのか、百目鬼《どうめき》の口調は横柄《おうへい》なものだった。

「司波《しば》です。それで、ご用件は？」

以前の達也《たつや》であればこういう相手に対しても、波風を立てないよう丁寧に対応しただろう。

だが今や、彼の立場は変わった。既に彼の力や知識、名前を利用しようと様々な人間が近付いてきている。達也《たつや》は百目鬼《どうめき》に誤解を与えないよう、敢《あ》えてぶっきらぼうな口調で問い返した。

『君が東京に戻ってきていると聞いてね。我々協会は、君に直接訊《たず》ねたいことがある』

百目鬼《どうめき》は不快感を表情に上らせた。どうやら、分かり易い人間のようだ。

「そうですか。分かりました、ご質問をどうぞ」

達也《たつや》の応えに、百目鬼《どうめき》は目に見えて苛立《いらだ》つ。

『直接と言っただろう。明後日《あさって》、関東支部に出頭してもらいたい』

それでも、ここで怒鳴り出さないだけの分別はあるようだ。相変わらず横柄《おうへい》な口調で、百目鬼《どうめき》は達也《たつや》に自分たちの所へ来るよう命じた。

「ご質問はこの場でお願いします」

『直接と言っているだろう！　電話で済ませるつもりは無い！』

しかし百目鬼《どうめき》の忍耐は、すぐに尽きた。

「ですから、電話で直接お答えします。無論『答えられる範囲で』ですが」

一方達也《たつや》は、相変わらず表面的な言葉だけは慇懃《いんぎん》な受け答えを続けている。日本魔法協会関東支部長如きが声を荒げても、今の達也《たつや》には痛《いた》くも痒《かゆ》くもない。

『出頭を拒否するつもりか⁉　魔法師は例外なく協会所属なのだぞ』

百目鬼《どうめき》の口調が、恫喝《どうかつ》含みのものに変わる。

無論その程度の脅しで、達也《たつや》の対応は変わらない。

「知っています。この国の法律では、本人の意思に関わりなく魔法師のライセンスを取得した者は日本魔法協会の所属になる。この規定はライセンス取得前の魔法大学付属高校生徒にも適用される」

達也《たつや》の、棒読み口調の回答に、百目鬼《どうめき》は鼻を鳴らして頷《うなず》いた。

『そのとおりだ。そして協会に所属する魔法師ならば、出頭命令に従う義務がある！』

「日本魔法協会に、魔法師だからというだけで無条件に出頭を命じる権限はありません」

『なに？』

百目鬼《どうめき》が虚を突かれた顔で絶句する。

「出向けと強制したいなら、手順を踏んでください」

その隙に達也《たつや》は正論を叩《たた》き付《つ》けた。

ちょうどその時、モニター画面の端に内線着信のサインが表示される。

「少し失礼します」

『おいっ、待ちたまえ！』

百目鬼《どうめき》の制止を無視して達也《たつや》は電話を保留にし、内線通話に切り替えた。

『お電話中、失礼致します』

達也《たつや》が応答するより早く、水波《みなみ》が画面の中から話し掛けてくる。

「どうした？」

『本家の葉山《はやま》様からお電話が入っております。如何《いかが》致しましょう？』

「少しだけ待ってもらえ。今受けている電話はすぐに終わらせる」

『かしこまりました』

達也《たつや》はヴィジホンを魔法協会との通話に戻した。

「お待たせしました」

『おい、君。ちょっと有名になったからといって――』

達也《たつや》は百目鬼《どうめき》の文句を最後まで聞かなかった。

「出頭の件はまた改めて。他に御用件は無いようですので、失礼します」

『待てと言うのだ！　話は――』

達也《たつや》はヴィジホンの通話ボタンを押した。このボタンは呼び出し中に押すと接続、通話中に押すと切断のスイッチとして機能する。

モニターが保留中だった内線映像に切り替わった。

「水波《みなみ》、つないでくれ」

『はい、ただ今』

達也《たつや》の端的な命令に、水波《みなみ》も余計なことは口にせずヴィジホンを操作する。

『達也《たつや》様、お電話中に失礼致します』

葉山《はやま》は魔法協会の百目鬼《どうめき》とは対照的に、敬意を伴う丁寧な口調で達也《たつや》に話し掛け、お座なりでない会釈《えしゃく》を見せた。

「いいえ、問題ありません。もう終わりましたので」

『どちらからのお電話か、うかがっても？』

「魔法協会からです。訊《き》きたいことがあるから協会に出頭しろという話でした」

『ほう……。魔法協会が、四葉家《よつばけ》直系の達也《たつや》様に出頭を命じたのですか。相手は十三束《とみつか》会長ですか？』

葉山《はやま》が丁寧だが底冷えのするような口調で訊《たず》ねる。無論その感情は達也《たつや》に向けられたものではなく、魔法協会の横柄《おうへい》な言い草に不快感を覚えているのだ。

なお「十三束《とみつか》会長」というのは現魔法協会会長、十三束翡翠《とみつかひすい》のこと。彼女は達也《たつや》や深雪《みゆき》の同級生である十三束鋼《とみつかはがね》の母親だ。

「いえ、百目鬼《どうめき》支部長です」

『関東支部長が……。それで達也《たつや》様はなんとお返事を？』

「お断りしました。今の私の立場では腰が軽いと見られるのも余り好ましくありませんので」

『良《い》いご判断かと存じます』

葉山《はやま》が小さく、ただし恭《うやうや》しく頭を下げる。

「それで葉山《はやま》さんの御用件は何でしょうか」

『おお、これは失礼しました。実は師族会議で達也《たつや》様からお話しをうかがいたいという意見が出ているようでして。会議にご出席頂けないか、達也《たつや》様のご意向をうかがうよう奥様より申しつけられましてございます』

「叔母上、いえ、母上が出るべきだというご判断でしたら、当然出席します」

達也《たつや》が「叔母上」と間違えたのは態《わざ》とだ。自分の立場が偽りのもので本当に当主の息子と認められているわけではない、と弁《わきま》えていることを示すものだった。

画面の中の葉山《はやま》は一見、達也《たつや》の言い間違えを気にしていない様子だった。

『それでは明日の午前十一時より開催されます、臨時師族会議にご出席願います。場所は金沢《かなざわ》の加賀大門《かがだいもん》ホテルです』

「明日の十一時ですね。了解です」

あいにくと達也《たつや》は『加賀大門《かがだいもん》ホテル』という名のホテルの存在を知らなかったが、所在地が金沢《かなざわ》なら空を飛んでいけば二時間も掛からない。別にエアカーやフリードスーツを使う必要はない。達也《たつや》の専属執事になっている花菱兵庫《はなびしひょうご》にヘリコプターを操縦させれば良い。

まさか今時、ホテルにヘリポートが無いということはないだろうが、もしもの場合は魔法で降下すれば良いだけだ。

達也《たつや》は頭の中でそう計算して、葉山《はやま》の言葉に頷《うなず》いた。

◇　◇　◇

達也《たつや》が深雪《みゆき》、リーナの二人と顔を合わせたのは夕食の席だった。二人はもう少し早く、午後五時前には帰ってきていたのだが、達也《たつや》が地下の研究室にこもっていたのだ。

「中々面白いことになっているな」

エリカが選手に選ばれたと聞いて、達也《たつや》はそう感想を述べた。

「一高も随分変わったものだ」

「ええ、本当に……」

「ワタシでもそう思うわ」

三人が思い浮かべているのは、二年前、彼らが一年生の時の一高の雰囲気である。確かにその頃なら、女子の二科生が学校を代表して九校間の交流戦に出場することなど考えられなかっただろう。

「しかし意外だな。十三束《とみつか》の名前は挙がらなかったのか？」

十三束鋼《とみつかはがね》は種目こそ違っているが、去年の九校戦にも出場した現三年生トップクラスの猛者《もさ》だ。達也《たつや》が訝《いぶか》しさを覚えるのは当然だった。

「十三束《とみつか》君は本人からあらかじめ辞退の申し出があったんです。月末に開催されるマーシャル・マジック・アーツのオープン競技会に出場したいからと」

しかし達也《たつや》の疑問は深雪《みゆき》の答えですぐに解消された。スポーツ系魔法競技の全国大会は例年九校戦終了後に日程が組まれている。モノリス・コードよりもそちらを優先するというのは、別段おかしな話ではない。

達也《たつや》は「なる程」と頷《うなず》いただけで、それ以上十三束《とみつか》のことには触れなかった。

「それにしても、エリカがモノリス・コードか。厳しいな……」

「そうかしら。エリカの実力はスターズでも十分にやっていけるレベルだと思うけど」

達也《たつや》が漏らした呟《つぶや》きに、リーナが反論する。

「エリカの実力は知っている。リーナ、エリカは二年前より格段に強くなっているぞ」

「マジで？　二年前でも衛星級じゃ敵《かな》わないくらい強かったのに。だったらますます心配要らないんじゃないの？」

リーナが心から納得できないような表情を浮かべた。

「モノリス・コードは実戦ではなくスポーツ競技だからな」

「つまり、どういうこと？」

小首を傾《かし》げるリーナ。

「リーナ、お兄様はモノリス・コードのルールがエリカに合わないと仰《おつしや》っているのよ」

その疑問に応えたのは深雪《みゆき》だった。

「もしかして、日本のルールとステイツのルールは違うの？」

「日本では肉体的な接触と肉体で直接操る道具による攻撃が禁止されているわ。アメリカでは違うの？」

「何それ。そんなんじゃ、白兵戦を得意とする魔法師は一方的に不利じゃない」

リーナは呆《あき》れるだけでなく、不満げに少し唇を尖《とが》らせた。

「アメリカでは、白兵戦は禁止されていないのね？」

「ステイツでは殺傷力のある武器を禁じているだけよ。刃引きがしてある剣や貫通力がない弓矢は使えるし、素手の格闘は当然ＯＫ。そうでなければ訓練にならないじゃない」

深雪《みゆき》の質問に、リーナがＵＳＮＡ軍で使われているルールを説明する。

「日本では、モノリス・コードは軍がやるものではないからな」

それを受けて、達也《たつや》が日本とアメリカの違いを指摘した。

「ふーん、そうなんだ。日本のモノリス・コードは本当にスポーツなのね。さっき達也《たつや》が言ったのはそういう意味か」

リーナがようやく納得した様子を見せる。

「ですがお兄様。エリカはやる気でしたよ」

今度は深雪《みゆき》が、達也《たつや》に疑問を向けた。

「フム……。何か考えがありそうだな。だがエリカの思惑は別にして、過去に例が無い女子選手の出場だ。ルール上の対応は必要だろう」

そう言って、達也《たつや》は少し考える時間を取った。

「……確か大学のルールだと、女子の試合では対物シールド魔法をプログラムした防御用武装デバイスが認められているはずだ。少なくともプロテクターについては優遇する必要があるんじゃないか。他校でも女子選手がエントリーしてくるだろうし」

「他校からも女子選手が出場するとお考えなのですか？」

「九校戦が無くなったからな。女子にも活躍の機会を与えたいと思っているのは、むしろ男子生徒の方じゃないか」

達也《たつや》の言葉に深雪《みゆき》は「なる程……」と感心した表情で頷《うなず》き、リーナは「そんなものかしら」と半信半疑の呟《つぶや》きを返した。

◇◇◇

八月十一日、日曜日の朝。達也《たつや》は今まさに、金沢《かなざわ》で開催される師族会議へ出発しようとしていた。

いつもならここで一悶着《ひともんちゃく》あるのだが、今日はそれが無かった。留守番を命じられた深雪《みゆき》が、一緒に連れて行けとごねなかったのだ。

「いってらっしゃいませ、お兄様」

深雪《みゆき》の随分と物分かりの良《い》い態度に、達也《たつや》は戸惑いを覚えていた。だが、それを表に出すことはなかった。

「今日はどのくらい時間が掛かるか分からない。留守中何も起こらないと思うが、もし巳焼島《みやきしま》から緊急の連絡があったら兵庫《ひょうご》さんを通じて呼び出してくれ。日米両政府から何か言ってきたら、お前の判断で呼んで欲しい。魔法協会とマスコミは無視して構わない」

「かしこまりました。お任せください」

「リーナ、水波《みなみ》。深雪《みゆき》を頼む」

「ええ、任せて。と言っても、ワタシにできるのは護衛だけなのだけど」

「かしこまりました。深雪《みゆき》様の身の回りはお任せください」

「では行ってくる」

深雪《みゆき》と水波《みなみ》はお辞儀で、リーナは人差し指と中指を揃《そろ》えて立てた右手を顔の前で軽く振って、ヘリに乗り込む達也《たつや》を見送った。


ヘリが飛び立ち、屋上のヘリポートが静けさを取り戻す。

屋内に戻ろうと足を踏み出したリーナが、その足を止めて深雪《みゆき》に振り返った。

「ミユキ、今日は一緒について行かなくても良かったの？」

「今日はちょっとね……」

深雪《みゆき》が軽く眉を顰《ひそ》め、口を濁す。

「えっ、なに？　何か理由があるの？」

訊《き》かれたくないというサインだったのだが、あいにくと今朝のリーナには通じなかった。

深雪《みゆき》が小さくため息を吐く。

「……一条家《いちじょうけ》のご当主と、まだ顔を合わせたくないのよ」

理由を話したくはないとそれ程強く思っていたわけでもなかったのか、深雪《みゆき》は割合あっさりリーナの質問に答えた。

「珍しいわね。ミユキがそんなことを言うなんて」

「今年のお正月のことだけど……。一条家《いちじょうけ》のご当主にお兄様との婚約を邪魔されそうになったの。その後色々とあって今は有耶無耶《うやむや》になっているけど、向こうは『まだ話は終わっていない』と考えているのではないかしら。だからね……」

「どんな話か知らないけど、直接顔を合わせたら蒸し返されるんじゃないかって？」

「そういうこと。特に今回の開催地は一条家《いちじょうけ》の地元だから」

「フーン、なる程ね」

リーナが止めていた歩みを再開し、ビル内へ進む。

その気紛《きまぐ》れにも見えるあっさりした振る舞いに、深雪《みゆき》は水波《みなみ》と顔を見合わせて苦笑した。

◇　◇　◇

臨時師族会議の会場に選ばれた『加賀大門《かがだいもん》ホテル』は旧石川《いしかわ》県金沢《かなざわ》市と旧富山《とやま》県南砺《なんと》市の境にそびえる大門山《だいもんざん》の麓に建っている新しいホテルだった。

時計の文字盤は午前十時三十分を表示している。ホテルの建物から歩いて十分程の所に設けられたヘリポートには既に、五機のヘリが駐機していた。

昨日ホテルに電話した段階でヘリポートは師族会議の名前で予約されていたから、全員がヘリで来ても降りられないということはないだろう。ヘリポートがそれだけの広さを持つから、このホテルを会場に選んだのかもしれない。顧傑《グ・ジー》による襲撃を受けた箱根《はこね》の会議を教訓としたのか、今回は秘匿性よりも移動手段を重視したようだ。

ヘリポートに駐まっていた先着の機体は五機。順当に考えれば、達也《たつや》より先に五名が到着している。だがホテルに着いた達也《たつや》と兵庫《ひょうご》が案内された先は、誰もいない部屋だった。

「どうやら各家のご当主様方は、お互いに抜け駆けされたくないとお考えのようですね」

ホテルの従業員が退出し二人だけになった部屋で、クラシックなソファに腰を下ろした達也《たつや》に兵庫《ひょうご》が皮肉っぽい口調で話し掛ける。

この部屋が盗聴されている可能性は十分にあったが、達也《たつや》は兵庫《ひょうご》をたしなめなかった。

「こちらには別に、やましいことなど無いんですが」

ただそう嘯《うそぶ》いただけだ。これは強がりでもとぼけているのでもない。達也《たつや》は本当に、欠片《かけら》のやましさも懐《いだ》いていなかった。

今日の呼び出しは、一週間前の巳焼島《みやきしま》における戦闘が終わった後に彼が世界へ向けて発信したメッセージの件だろうと達也《たつや》は考えていた。

勝手な真似《まね》をした達也《たつや》を糾弾したいのだろう。

十師族は表舞台に立たないことを基本方針にしている。五輪澪《いつわみお》が国家公認戦略級魔法師に名を連ねることとなった時も、十師族内部では意見の対立があったと聞いている。

だからといって達也《たつや》は、大人しく叱られてやるつもりは無かったが。

その部屋には、軽食が用意されていた。だがまだ昼食前の紅茶《イレブンジスティー》には少し早い時間だ。それ以前に達也《たつや》にはイレブンジスティーの習慣が無い。彼は保温ポットに用意された紅茶だけを口にして会議の始まりを待った。

「失礼します」

「どうぞ」

扉を開けて入ってきたのはホテルの従業員ではなかった。

想子《サイオン》をコントロールして隠しているが、魔法師だ。それも実戦レベルの力を持つ戦闘魔法師。あいにくと広く人気があるフィクションのように「属性で所属が分かる」などということはないので——そもそも魔法師ごとの「属性」というものがない——見ただけでは何処《どこ》の所属かは分からないが、金沢《かなざわ》という土地を考えれば一条家《いちじょうけ》に属する者である可能性が高い。

「会議の準備が調いました。皆様お待ちですのでご案内致します」

「皆さん、もうお揃《そろ》いなのですか？」

「はい。ですので、速やかにご同行ください」

「分かりました」

やはり自分は被告人の立場らしい。達也《たつや》はそう思った。

ただ思っただけでそれ以上の感情は懐《いだ》かず、案内役の背中に続いて会場に向かう。

「こちらです。お付きの方はこちらでお待ちください」

「兵庫《ひょうご》さん、深雪《みゆき》から連絡があるかもしれませんので、しばらく待っていてください」

「かしこまりました。行ってらっしゃいませ」

兵庫《ひょうご》に見送られて、達也《たつや》は会議室の中に入る。

背後で扉が閉まる音。それを聞き流して、達也《たつや》は目の動きだけで室内を見回した。

正方形に並べられたテーブルの手前側には誰も座っていない。

達也《たつや》から見て左側の列のテーブルの奥寄りに二人。手前から、一条剛毅《いちじょうごうき》、二木舞衣《ふたつぎまい》。

正面のテーブルに五人。左から、三矢元《みつやげん》、四葉真夜《よつばまや》、五輪勇海《いつわいさみ》、六塚温子《むつづかあつこ》、七草弘一《さえぐさこういち》。

達也《たつや》から見て右側のテーブルに三人。奥から、七宝拓巳《しっぽうたくみ》、八代雷蔵《やつしろらいぞう》、そして一人だけ立ち上がって達也《たつや》を出迎えた十文字《じゅうもんじ》克人《かつと》。

日本を代表する魔法師集団、十師族当主が勢揃《せいぞろ》いしていた。

「それでは、臨時師族会議を開始する」

地元だからだろうか、一条剛毅《いちじょうごうき》が開会を告げた。

だが、議長というわけではないようだ。

「早速だが、司波《しば》殿にお訊《たず》ねしたい」

真っ先に発言したのも、一条剛毅《いちじょうごうき》だった。

「お待ちください、一条《いちじょう》殿。司波《しば》殿はまだ座ってもいない。彼は被告ではなく、我々も裁判官ではありません。まずは腰を下ろしてもらうのが先でしょう」

剛毅《ごうき》に制止の言葉を投げたのは克人《かつと》だった。彼はそのまま達也《たつや》に向き直り、「司波《しば》殿」と声を掛けた。

「どうぞ、ご着席ください」

「ありがとうございます。お言葉に甘えさせていただきます」

達也《たつや》は克人《かつと》にだけ一礼して腰を下ろす。それを見届けて、克人《かつと》も席に着いた。

「司波《しば》殿、よろしいか」

セリフを中断させられていた剛毅《ごうき》が、眉間に皺《しわ》を寄せたまま威圧的な強い口調で達也《たつや》に呼び掛ける。

「はい。ご質問をどうぞ」

達也《たつや》は剛毅《ごうき》に顔を向け、背筋をピンと伸ばしたまま続きを促した。——一時的に剛毅《ごうき》を無視した格好になったことへの謝罪は無い。

その態度が気に入らなかったのだろう。

「一週間前の件だ。あれは一体、どういうつもりだ？」

剛毅《ごうき》は明らかな喧嘩腰《けんかごし》で達也《たつや》に詰問《きつもん》する。

「一週間前？　今月四日の件でしたら、不当な武力攻撃に対して反撃しただけですが」

「そういうことではない」

「反撃してはいけませんでしたか？　自衛の為《ため》の武力行使が、認められないと仰《おっしゃ》る？」

「そんなことは言っていない！」

「ではＵＳＮＡの侵攻部隊を退け、新ソ連の基地を破壊し、ベゾブラゾフを抹殺したことに問題は無かったのですね？」

「当然だ！　国防は魔法師の義務ですらある！」

「ありがとうございます」

「……何がだ？」

「私の行動をご理解いただいたことに対してです。戦闘終結後に発信したメッセージも国防の為《ため》のものです。あの時点で、巳焼島《みやきしま》とその周辺海域、日本の領土と領海だけでなく新ソ連の主権下にある領土に攻撃を仕掛けたことを正当化しておく必要がありました。さもなくば、ビロビジャン基地に対する攻撃とベゾブラゾフの抹殺は日本による非正規攻撃である、と難癖を付けられる恐れが拭い去れませんでした」

「……その懸念《けねん》を払拭《ふっしょく》する為《ため》に先手を打ったというのか？」

「ああ言っておけば、最悪でも新ソ連やそれに与《くみ》する勢力の矛先は私個人に向くと考えました」

「ムッ……。いや、しかし……」

剛毅《ごうき》は決して納得したわけではなかった。しかし、達也《たつや》に反論する為《ため》の糸口を彼は見付けられずにいた。

剛毅《ごうき》が思わず、他家の当主たちの顔を見回す。それが助け船を求める仕草だと、剛毅《ごうき》自身は意識していない。

「司波《しば》殿、一つ疑問があります」

剛毅《ごうき》の視線に応えたのは七草弘一《さえぐさこういち》だった。……もしかしたら「応えた」と言うより「便乗した」と表現する方が正しいかもしれない。

「反撃の正当性を示す為《ため》ならば、国防軍を通じて各国政府に通達する形でも良かったのではありませんか？　司波《しば》殿が目立つ真似《まね》をする必要は無かったのでは？」

弘一《こういち》の指摘は分かり切った言い掛かりだった。そもそも国防軍が動こうとしなかったから達《たつ》也《や》や深雪《みゆき》が奮闘しなければならなかったのだ。完全に達也《たつや》の独断で行った新ソ連のミサイル基地に対する反撃を国防軍がフォローするとは考え難《にく》かった。ミサイル基地破壊およびベゾブラゾフ暗殺に日本政府は関わっていないと白を切る展開が容易に予想できる。

「七草《さえぐさ》殿のご指摘は次回の参考にさせていただきます」

しかし達也《たつや》は反論しなかった。彼の人を食った回答に、海千山千の弘一《こういち》が「なっ……」と一瞬顔色《がんしょく》を変え、次の瞬間表情を消して口をつぐむ。

「その言い草は何だ！」

弘一《こういち》の代わりに剛毅《ごうき》が激する。

「一条《いちじょう》殿、落ち着いてください」

剛毅《ごうき》に言葉を返したのは達也《たつや》ではなく、ちょうど向かい合う席に座っている八代雷蔵《やつしろらいぞう》だった。

「司波《しば》殿は何も間違ったことは言っていない。あの世界中に対する自衛宣言は、既に起こったこと。要するに済んだことです。代替案を提示されても、次の類似ケースの参考にするしかないでしょう」

雷蔵《らいぞう》はうんざりした表情を隠さずに剛毅《ごうき》に向けてそう言い、

「似たようなケースがあれば、ですがね」

最後に皮肉な口調で、こう付け加えた。

剛毅《ごうき》が顔を赤くして黙り込む。実を言えば弘一《こういち》が口をつぐんだのは、雷蔵《らいぞう》が口にした論法に自分で気付いたからだった。

「国家公認戦略級魔法師は公職ではないが、その力は政府の決定によって振るわれる。謂《い》わば軍と同じ、国家の一機関と言える」

当主同士のギスギスした雰囲気を何とかしようと考えたのか、三矢元《みつやげん》がいきなり話題を変えた。

「その影響の大きさを考えれば、公認されていない戦略級魔法師も在り方は同じであるべきだ。魔法師はただでさえ恐れられる存在。戦略級魔法はその最たるものと言える。戦略級魔法師が公権力の制御下に無いと分かれば、たとえ恐怖が誤解に基づくものであっても、魔法師排除を叫ぶ声は一層力を増すだろう」

元《げん》の言葉に同調する目が達也《たつや》に向けられる。

「しかるに今回、司波《しば》殿は民間の魔法師が国家に匹敵する軍事的な力を所有していると世界に示してしまった。言い換えれば、魔法師は政府が制圧できない暴力を振るうことができるのだと証明してしまった」

自身に向けられる険しい視線の意味を、達也《たつや》は理解した。

彼らは達也《たつや》の所為《せい》で、人々が魔法師を手に負えない危険な怪物と見做《みな》すようになったと考えているのだ。その結果魔法師が今まで以上に迫害の対象になると恐れている。

作り話のドラゴンが、危険だという理由だけで寄《よ》って集《たか》って討ち滅ぼされるように。

「十師族は魔法師の『人として生きる権利』を守る為《ため》の組織だ。魔法師が魔法師であるというだけで迫害される危険性があるなら、それを取り除かなければならない」

達也《たつや》に注がれる厳しい視線。

しかし達也《たつや》は眉一つ動かさない。

とはいえ彼も内心は、外見程平然としていたわけではなかった。

彼の心にあったのは気後れ、ではなく静かな怒り。

三矢元《みつやげん》が口にした「魔法師の『人として生きる権利』を守る」というフレーズが気に障《さわ》ったのだ。

魔法師に兵器の役割を強制する現状に甘んじていながら「人として生きる権利」を口にするなど、達也《たつや》には偽善としか思えなかった。

「司波《しば》殿、ここではっきりさせておきたいことがある」

「何でしょうか」

今度は元《げん》の視線を、達也《たつや》は受け止めるのではなく撥《は》ね返した。

緊張が高まる。

「二〇九五年十月三十一日、大亜連合艦隊を壊滅させた魔法を放ったのは貴殿だな？」

元《げん》は以前、達也《たつや》が戦略級魔法師だと知っているようなことを彼にほのめかした。今回はそれを、正面から突き付けているのだった。

達也《たつや》が真夜《まや》を見る。真夜《まや》が頷《うなず》きを返す。

二人はこの遣《や》り取《と》りを最早《もはや》隠さなかった。

「そうです」

三矢元《みつやげん》の質問に対して、達也《たつや》が肯定を返す。

「国防軍の命令により、質量・エネルギー変換《へんかん》魔法を使いました」

「質量・エネルギー変換《へんかん》魔法？　本当に、実在したのか……」

雷蔵《らいぞう》が信じ難《がた》いというニュアンスの呟《つぶや》きを漏らす。

そう考えたのは雷蔵《らいぞう》だけではなかったが、彼の呟《つぶや》きに反応した者はいなかった。

雷蔵《らいぞう》自身の興味も、すぐに達也《たつや》と元《げん》の対決に戻った。

「国防軍の命令に従って、か。あの時政府が貴殿を新たな『使徒』と認めていれば現在のような状況は生じなかっただろうな……」

元《げん》が独り言のように感想を漏らす。彼が口にした『使徒』という単語は、国家公認戦略級魔法師のことだ。十三人の国家公認戦略級魔法師が『十三使徒』と呼ばれていたことに由来する。

「司波《しば》殿。貴殿は今後も、国防軍の命令に従う意思はあるのか？」

元《げん》が意識を自分の内側から自分が相対している達也《たつや》に戻して問い掛ける。

「あの時とは事情が変わりました。国防軍の要請に応じることはあるでしょう。しかし、命令に従うことは最早《もはや》ありません」

「理由をうかがっても？」

七宝拓巳《しっぽうたくみ》が口を挿《はさ》む。彼の口調は三矢元《みつやげん》より穏やかだったが、眉間には皺《しわ》が寄っていた。

達也《たつや》が真夜《まや》に目を向ける。

真夜《まや》はわずかに口角を上げて小さく頷《うなず》いた。

「国防軍との信頼関係が壊れたからです」

真夜《まや》の承認を確認して、達也《たつや》が拓巳《たくみ》の問いに答える。

「信頼関係？　司波《しば》殿はまだ十八歳でしたよね。それなのに『灼熱《しゃくねつ》のハロウィン』以外にも、国防軍との間に継続的な関係があったのですか？」

拓巳《たくみ》の声と表情に困惑が混入した。

「私は約四年間、非公式の軍人として軍務に従事していました。法的には、常時、継続的に軍の指揮命令を受ける義勇兵となるでしょうか。大亜連合艦隊の撃滅も、その一環として命じられたものです」

「……国防陸軍第一〇一旅団、独立魔装大隊」

弘一《こういち》が独り言のように呟《つぶや》く。

その声は小さなものだったが、全員の耳に届いていた。

「はい」

達也《たつや》の応えが、その部隊に所属していたと認めるものであることも、全員に伝わった。

「自分で言うのも何ですが、私がいなければ二年前の大亜連合との戦争は日本にとって厳しい結果に終わっていたでしょう。それ以外にも少なくない貢献を積み重ねてきたと自負しています」

「にも拘《かか》わらず、国防軍に裏切られたとでも？」

三矢《みつや》元《げん》がそう問い掛けたのは、佐伯《さえき》少将との間に生じた対立は達也《たつや》がリーナを匿《かくま》った所為《せい》であり、責任は彼にあるという論法で自分たちに有利な流れを引き寄せる意図があったからだ。

「六月九日、伊豆《いず》に滞在していた私たちがベゾブラゾフのトゥマーン・ボンバによって奇襲を受けた件をご記憶でしょうか。あの奇襲に関する情報を、国防軍は事前に摑《つか》んでいました」

しかし元《げん》の思惑は外れる。リーナの亡命は六月十九日のことだ。達也《たつや》の言葉が正しければ、先に信頼関係を損なったのは佐伯《さえき》の側ということになる。

「それは確かな事実ですか？」

「確認済みの事実です」

雷蔵《らいぞう》の問い掛けに、達也《たつや》は揺るぎない態度でそう答えた。

「自分が理不尽な扱いを受けたとは思っていません。不当ではありますが」

達也《たつや》は視線を全員同時に見るものに切り替えた。

「古人曰《いわ》く、狡兎《こうと》死《し》して走狗《そうく》烹《に》らる。たとえ政府に絶対服従を誓っても、危険と見做《みな》されれば政府は庇護《ひご》するどころか積極的に排除しようとするでしょう。それが政治のリアリズムだ」

反応は無い。この程度のことは、改めて言われるまでもなく、皆理解していた。

「誤解しないでいただきたいのですが、私には政府と積極的に対立するつもりはありません。ですが、政府に全面依存するのは危険です。魔法師の『人として生きる権利』を守る為《ため》には、政府に無条件で従うのではなく交渉材料を残しておく方が得策だと考えますが」

そう言って達也《たつや》は、目の向きを分《わ》かり易《やす》く三矢元《みつやげん》に固定する。

「……何が言いたい」

挑発されたと感じたのか、元《げん》の物言いに険がこもった。

「戦略級魔法は政府に対して有効な交渉材料になると思いますよ」

達也《たつや》のセリフは先程の「戦略級魔法師は政府の管理下にあるべきだ」という元《げん》の意見に対する真っ向からの反論であり、元《げん》に同調を見せた当主たちに対する「同調圧力には屈しない」という明確な意思表明だった。

「……それは君の個人的な考えだ」

元《げん》が苦し紛れの口調で言い返す。

「いいえ、私は司波《しば》殿に同感です」

しかしここで、達也《たつや》を擁護する声が上がった。

真夜《まや》ではない。四葉家《よつばけ》の——と言うより真夜《まや》のシンパである温子《あつこ》でも、先程から剛毅《ごうき》や元《げん》に批判的な態度を見せている雷蔵《らいぞう》でもない。

声を上げたのは、五輪《いつわ》勇海《いさみ》だった。

「司波《しば》殿が大亜連合艦隊を壊滅させた戦略級魔法師であれば、国家に対する軍事的功績は世界大戦後随一と言って間違いないでしょう。にも拘《かか》わらず暗殺のリスクを警告すらされなかったのでは、国防軍に全面的な信は置けません」

「私も司波《しば》殿のご意見はもっともだと思います」

勇海《いさみ》に続いて、七宝拓巳《しっぽうたくみ》が達也《たつや》の支持に回る。

「反魔法主義の世論は確かに憂慮すべきです。しかし国防軍に民間魔法師の管理を委ねてしまうのは、国家権力の横暴に対抗して魔法師の人権を守るという十師族の存在意義を放棄してしまうことになりかねない気がします」

「全ての民間魔法師を軍の管理下に置くべきだなどとは考えていない」

三矢元《みつやげん》が慌てて反論した。

「戦略級魔法は社会に与えるインパクトが強すぎるので管理責任を政府に持たせるべきだ、と言っているのです」

「戦略級魔法師だから軍の管理に甘んじろ、と仰《おつしや》るのか」

元《げん》に対して、五輪勇海《いつわいさみ》が強い声で反発する。

勇海《いさみ》の娘、澪《みお》は戦略級魔法師だ。身体《からだ》が弱く、本来であれば長距離の移動も避けるべきなのに、彼女は「戦略級魔法師である」というだけの理由で二年前の十一月、東シナ海に出撃する軍艦に同乗することを強制された。

案の定、澪《みお》は帰国後、一ヶ月程病院のベッドで過ごす羽目になった。幸い命に別状はなかったが、やはり親としては色々と思うところがあるのだろう。

澪《みお》の入院はここにいる全員が知っている。勇海《いさみ》の問い掛けに対して「そうだ」と言える者はさすがにいなかった。

「そろそろ雑談は終わりにして本題に入りませんこと？」

それまで沈黙していた真夜《まや》が、ここでおもむろに口を開いた。

雑談という表現に剛毅《ごうき》、元《げん》、勇海《いさみ》が不快げな表情を浮かべる。だがそれ以上、内心を窺《うかが》わせることはなかった。

真夜《まや》の指摘は事実だったからだ。

達也《たつや》に対する剛毅《ごうき》や元《げん》の糾弾は、彼らが懐《いだ》いていた苛立《いらだ》ちが露《あら》わになったものだった。暴走とまでは行かないが、感情に任せて十師族間に余計な対立の火種を撒《ま》く結果になった。それを自覚できないような無能は、この場にいない。

「達也《たつや》さん」

真夜《まや》は彼らの反感をまるで気に掛けた様子もなく、達也《たつや》に話し掛けた。

「ＵＳＮＡとの交渉結果をご説明して差し上げて。元シリウス少佐の件も含めて」

達也《たつや》は即、真夜《まや》のリクエストに応じた。

「それでは、ご説明します。一昨日、アメリカ国防長官付き秘書官と面談し、私個人とアメリカ政府が敵対しないこと、および今後の協力関係を確認しました」

達也《たつや》の言葉を聞いて、会議室に動揺が広がる。個人と国家の間に対等な取引が成立するなど、彼らの常識に反していた。

「私からは恒星炉技術を提供。USNAからは資金協力と、シリウス少佐ことアンジェリーナ・シールズ中佐の無償無期限レンタルの申し出を受けました」

真夜《まや》が「元シリウス少佐」と口にした意図を、達也《たつや》は誤解しなかった。

「国家公認戦略級魔法師を……レンタル？　国防軍にではなく、司波《しば》殿個人に？」

三矢元《みつやげん》が喘《あえ》ぐような口調で訊《たず》ねる。

「そうです。シールズ中佐には軍籍を伏せて一高に通ってもらうことになっています」

「危険だ！　USNAの戦略級魔法師を軍の監視も付けず野放しにするなど……」

剛毅《ごうき》が怒りではなく戸惑いを露《あら》わにする。剛毅《ごうき》は半月前、「アンジー・シリウス」が四葉家《よつばけ》に匿《かくま》われていると佐伯《さえき》少将から聞かされていたが、まさか四葉家《よつばけ》がUSNAの戦略級魔法師を高校に通わせるつもりだとは考えていなかった。

「野放しにはしません。四葉家《よつばけ》次期当主が常時行動を共にする予定です」

「危険ではありませんか？　四葉家《よつばけ》にとって次期殿は大切な身の上でしょう」

弘一《こういち》が心配する態《てい》で四葉家《よつばけ》の対応を批判する。

「ご心配には及びません。私も遠隔監視します。距離が私にとっての障碍《しょうがい》にならないことは、先日ご覧いただいたとおりです」

しかしこう断言した達也《たつや》に、それ以上の反論は無かった。

反論が途絶えたタイミングを逃さず、達也《たつや》はさらに畳み掛ける。

「USNA政府はアンジー・シリウスの正体を秘匿してきました。ミス・シールズがシリウスであると曝露《ばくろ》された場合、日米関係の悪化が予想されます。皆様にも情報管理の徹底をお願いします」

攻守は逆転し、当主たちが達也《たつや》に釘《くぎ》を刺される形で達也《たつや》に対する事情聴取は終わった。

インド・ペルシア連邦のチャンドラセカールと合意した魔法師の世界的連帯組織結成構想については、達也《たつや》も真夜《まや》も話題にしなかった。

◇　◇　◇

「司波《しば》」

会議室を出てすぐの廊下で、達也《たつや》は声を掛けられた。

「一条《いちじょう》」

相手は一条将輝《いちじょうまさき》。彼は隣に少し年下の、アジア人だが日本人とは微妙に印象が異なる少女を連れていた。その少女に、達也《たつや》は見覚えがあった。

（劉麗蕾《リウ・リーレイ》が何故《なぜ》、一条《いちじょう》と一緒にいる？）

将輝《まさき》が連れている少女は大亜連合の国家公認戦略級魔法師、劉麗蕾《リウ・リーレイ》だった。

「いや、これはだな……」

達也《たつや》の訝《いぶか》しげな視線に気付いた将輝《まさき》が、軽い狼狽《ろうばい》を見せる。

「別に詮索するつもりは無いが」

達也《たつや》のセリフに、将輝《まさき》は安堵《あんど》を露《あら》わにする。まるでやましいところがあると告白しているような態度に、達也《たつや》は思わず「詮索しない」という前言を翻《ひるがえ》したくなった。

実際に、翻《ひるがえ》すことはしなかったが。

「……司波《しば》はもう帰るのか？」

「ああ」

「少し、待っていてくれないか。彼女のことも含めて話をしたい」

達也《たつや》は詮索しないと決めていたのに、どうやら将輝《まさき》の方が事情を打ち明けたいようだ。

「分かった」

一条家《いちじょうけ》長男が劉麗蕾《リウ・リーレイ》を連れていることに対する疑問と興味は消えていない。向こうから話したいと言うなら、達也《たつや》に断る理由は無い。将輝《まさき》の申し出に、達也《たつや》はほとんど迷わず頷《うなず》いた。

一方、将輝《まさき》は達也《たつや》が即答で頷《うなず》くとは予想していなかったのだろう。

「すまない」

多少面食らった様子だったが、将輝《まさき》は時間を無駄に費やすこと無く達也《たつや》に謝辞を述べて、劉麗蕾《リウ・リーレイ》と二人で臨時師族会議が行われている会議室に入場した。


兵庫《ひょうご》をヘリで待機させ、達也《たつや》はホテルのティールームで将輝《まさき》を待った。

およそ半時間の後、将輝《まさき》が姿を見せる。ここで待ち合わせをすると決めてはいなかったが、ロビーから一番目立つ店だ。長時間探し回るという羽目にはならなかったはずだ。

「司波《しば》、待たせたな」

その証拠と言えるかどうかは確かでないが、達也《たつや》のテーブルに近付いた将輝《まさき》は、「探したぞ」ではなく「待たせたな」と言った。型どおりの挨拶なのかもしれないが、将輝《まさき》の様子を見る限り、会議から解放されてすぐに達也《たつや》の所へ来たのだろうと思われる。

「いや、案外早かったな。まずは座ったらどうだ」

達也《たつや》に促されて、将輝《まさき》と劉麗蕾《リウ・リーレイ》が向かい側に腰を下ろす。

「それで、話というのは？」

達也《たつや》が将輝《まさき》に問い掛ける。

「今日の会議のことだ。俺たちは戦略級魔法師管理条約の件で呼ばれたんだが」

そこまで喋《しゃべ》ったところで、将輝《まさき》はハッとした表情になった。

「──お前のことだから既に分かっているだろうが、この子は大亜連合の国家公認戦略級魔法師、劉麗蕾《リウ・リーレイ》さんだ」

今更のように隣の少女を紹介する将輝《まさき》に、達也《たつや》は「知っている」と頷《うなず》いた。

「先月の初め、新ソ連に敗北した責任を押し付けられそうになって日本に亡命した彼女を、訳あって一条家《いちじょうけ》で預かっている」

将輝《まさき》は続けて、劉麗蕾《リウ・リーレイ》と一緒にいる理由を簡単に説明した。

「劉麗蕾《リウ・リーレイ》です。レイラと呼んでください。将輝《まさき》さんにはそう呼んでいただいています」

「司波達也《しばたつや》です」

劉麗蕾《リウ・リーレイ》の自己紹介に対して、達也《たつや》は簡単に名乗り返した。素っ気なく名前を告げただけで、それ以上何も口にしない。

そして達也《たつや》は、彼女にはまるで関心が無いという態度で──実際に、説明された事情以上の関心は、今は取り敢えず無かった──、すぐに視線を将輝《まさき》に戻す。

「それで、戦略級魔法師管理条約だったか？　察するところ、非公認戦略級魔法師を強制的に政府で管理しようという企《たくら》みのようだが」

達也《たつや》の言葉に、将輝《まさき》が軽く顔を顰《しか》める。

「企《たくら》みという表現には悪意を感じるが、概略は司波《しば》の言うとおりだ。お前もその話で呼ばれたんじゃないのか？」

「いや、別件だ。だが一条《いちじょう》はその条約の件で呼ばれたようだな。レイラさんと一緒にいるのも納得だ」

達也《たつや》の答えに、将輝《まさき》は意外感を露《あら》わにした。

「俺たちとは別件……？　条約の話も聞かなかったのか？」

「非公認戦略級魔法師も国家公認戦略級魔法師と同様に、政府の管理に従うべきだという意見は聞いたがな。その条約の話は出なかった」

「何故《なぜ》だ……？　お前も戦略級魔法師だろう？」

「俺は一週間前の戦いの後始末について訊《き》かれただけだ」

達也《たつや》は将輝《まさき》の質問に答えなかった。彼がマテリアル・バーストの術者であることは今日の会議で一条剛毅《いちじょうごうき》にも知られているのだから、隠す必要は無いかもしれない。だが大亜連合軍人である劉麗蕾《リウ・リーレイ》の前で、自分が二年前の大破壊を引き起こしたのだと認める気にはなれなかった。

「それで一条《いちじょう》は何を訊《き》かれたんだ？　その条約を受《う》け容《い》れるかどうか訊《たず》ねられたのか？」

「いや、実は先月の内に、俺は条約のことを聞いていたんだ」

「そうか。俺は戦略級魔法師管理条約とやらの中身を知らない。良ければ教えてもらえるか」

達也《たつや》のリクエストに将輝《まさき》は「ああ、良《い》いぞ」と頷《うなず》き、二週間前に佐伯《さえき》から聞いた内容を正確に伝えた。

「……その内容でよく頷《うなず》く気になったな」

将輝《まさき》の説明を聞き終えた達也《たつや》は、呆《あき》れ声でそう言った。

「別におかしな所は無いと思うが。戦略級魔法が実質的に政府の管理下にあるのは今も変わらないだろう？」

達也《たつや》の批判に、将輝《まさき》は強い口調で反論する。

「その条約案は佐伯《さえき》少将の発案じゃないか？」

達也《たつや》は対照的に抑えた声で将輝《まさき》に訊《たず》ねた。

「あ、ああ……。この件を持ってきたのは確かに佐伯《さえき》少将だ。それが？」

「戦略級魔法師管理条約には、十師族の影響力を低下させる目論見《もくろみ》が隠されている」

いったんそう言った後、達也《たつや》は「いや」と言いながら小さく一度、首を振った。

「――隠れてはいないな。かなりあからさまだ。だからこそ、何故《なぜ》お前や一条《いちじょう》殿が反対しなかったのか理解できん。戦略級魔法の管理という建前に目を眩《くら》まされたのか？」

「……どういうことだ？」

将輝《まさき》が困惑顔で解説を求める。

「この条約案で注目すべきは、政府の魔法師管理に魔法協会の査察権を認めるという部分だ。戦略級魔法師を政府が管理できているかどうか、魔法協会が査察する。その結果、十師族の保有する戦力と技術に関する情報は魔法協会に掌握され、査察結果に基づく勧告という体裁で協会にとって不都合な魔法師は自由を奪われ、技術は凍結を強制されることになるだろう。つまり日本魔法協会が十師族の上に君臨することになる」

「待ってくれ。査察権を持つのは日本魔法協会ではなく国際魔法協会だぞ」

「何を言っている。日本魔法協会は国際魔法協会の下部組織。日本で魔法協会が査察権を行使するなら、日本魔法協会に権限が委ねられるに決まっているではないか。そして日本魔法協会は政府の保護を受けている、半政府機関だ。戦略級魔法師管理条約が発効したなら、日本国内においては民間の魔法師自治組織である十師族を完全に公的管理下に置く為《ため》の口実として運用されるだろう」

「ムゥ……」

将輝《まさき》は「考えすぎではないか」とは、言わなかった。彼自身、心の何処《どこ》かで胡散臭《うさんくさ》さを感じ取っていたのかもしれない。

「一条《いちじょう》。お前は海爆《オーシャン・ブラスト》の威力を目の当《まあ》たりにして、大規模魔法は管理されなければならないと思い込んでしまったのではないか？　海爆《オーシャン・ブラスト》はお前自身の魔法だぞ。誰かに管理されるのではなく、お前が管理しなければならないんだ」

今度も将輝《まさき》は、否定の言葉を返せない。

考え込んでしまったのは将輝《まさき》だけではない。隣に座る劉麗蕾《リウ・リーレイ》も思い当たる節があるような表情で目を伏せていた。

二人の様子を見て、達也《たつや》は心の中で苦笑を漏らした。自分もつい先日までマテリアル・バーストを四葉家《よつばけ》に管理されていたことを思い出したのだ。それも制度上の管理ではない。精神に直接、枷《かせ》をはめられていたのだ。それを思えば、他人に説教できる身分ではない。

「それで、今日の話は何だったんだ。もしかしてその条約が調印されたのか？」

その内心を隠して、達也《たつや》は将輝《まさき》に問い掛けた。

「……ん、いや、そうではない」

達也《たつや》に問われて、将輝《まさき》が伏せていた目を上げる。

「進路を訊《き》かれた」

「進路？　進学先という意味か？」

意外すぎる答えに、達也《たつや》は呆気《あっけ》に取《と》られている内心を、今度は隠し切れなかった。

彼らは高校三年生。進路は身近で切実で、おそらく最も一般的な問題だ。

しかしそんな日常的な話題が、抑止力や魔法師の権利保護について話し合われた師族会議で話題になるなど、完全に達也《たつや》の予想外だった。

「この話をお前に聞きたかったんだ。司波《しば》、お前、進路はどうするつもりだ？」

「魔法大学に進学するつもりだが」

将輝《まさき》の真意が測れず、達也《たつや》は取《と》り敢《あ》えず表面的な予定を答えた。

「だがお前には、魔法大学で学ぶことなど無いだろう？　だからと言って新ソ連の基地を一人で潰したお前に、今更防衛大に入る意味があるとも思えない」

「学ぶことが無いというのは誤解だ、一条《いちじょう》。俺はそこまで思い上がっていない」

「そうか……」

「お前は迷っているのか？」

「正直に言って、な」

達也《たつや》の反問に、将輝《まさき》は躊躇《ためら》いを見せながら頷《うなず》いた。

「先々月までは魔法大学に進学するつもりだった。だが国家公認戦略級魔法師の認定を受けたからには、軍と深く関わっていくのは避けられない。だったらいっそのこと、国防軍の一員になる方が良《い》いんじゃないか……と、迷っている」

「進学しないという意味ではないよな？」

「無論、違う。軍に入るとしても、まず目指すのは防衛大だ」

「別に俺のアドバイスが欲しいわけではないんだろう？」

達也《たつや》に問われ、将輝《まさき》が目を泳がせる。

「ああ。……いや、アドバイスと言えばアドバイスか。戦略級魔法師に匹敵するか、それを超える軍事的な役割を自ら背負ったお前が進路についてどう考えているか、参考にさせてもらいたいと思ったんだ」

「だったら俺の答えはさっき言ったとおりだ。魔法大学に進学する意思は変わらない。一条《いちじょう》、お前もシンプルに、自分のやりたいことを優先すれば良いのではないか？」

「しかし、それでは責任が……」

「責任ならば敵を撃退するだけで良《い》い。軍人にならなければ、それ以上に果たさなければならない責任は無い」

将輝《まさき》の惑いを、達也《たつや》は一刀両断の勢いで切り捨てた。

「………」

「一条《いちじょう》。俺たちが魔法師であるのは、単なる事実だ。誰が何と言おうと、たとえ俺たちがそれを否定しようと、その事実は変わらない。だがお前が戦略級魔法師とされているのは、政府と軍の単なる都合だ。お前が戦略級魔法師でなければならない必然性は、お前自身には無いんだぞ。戦略級魔法師という肩書きと、第三高校三年生という肩書きは、お前自身にとっては等価のものでしかない」

将輝《まさき》は途方に暮れた顔をしている。

達也《たつや》の言葉が完全には納得できなかったようだが、同時に無視もできないようだ。

「俺に言えるのはそれだけだ」

一方、そう言って立ち上がった達也《たつや》の瞳に迷いは無かった。

◇　◇　◇

達也《たつや》がちょうど、将輝《まさき》と話し始めた頃。

東京の調布《ちょうふ》では、深雪《みゆき》と同じ階の自分の住居に戻ったリーナの許《もと》に国際電話が掛かってきた。

発信人情報は非通知。ただ発信元の都市名が表示されているだけだ。

（ボストン？　まさかね）

向こうではそろそろ真夜中じゃないかしら?、と余計なことを考えながら、リーナは二十七インチの壁面モニターの前で受信ボタンを押した。

『ハロー。リーナ、久し振りだね』

「アビー!?」

リーナの声が裏返る。モニターに表れたのは「まさか」と思った相手だった。

アビゲイル・ステューアット博士。

スターズの技術顧問で戦略級魔法『ヘビー・メタル・バースト』の開発者。リーナの魔法兵器『ブリオネイク』を作り上げたのも彼女だ。

リーナとアビゲイル・ステューアット博士の付き合いは、五年前まで遡る。まだリーナがスターズの正式隊員ではなく『スターライト』と呼ばれる訓練課程の見習いだった頃、彼女は初めての任務でボストンに赴いた。そこでリーナを待っていたのがアビゲイルだった。

それ以来、二人は年に四、五度のペースで顔を合わせている。『ヘビー・メタル・バースト』の起動式調整と『ブリオネイク』の改良という仕事上の付き合いだが、だからといって二人の間に友情が存在しないというわけではない。

リーナとアビゲイルの年齢差は五歳。

アビゲイルはリーナの、五歳年上でしかない。

二人とも、極めて若くして一方はスターズ総隊長となり一方は連邦軍の魔法研究所の一部門を任せられた、早熟の天才だ。年が近く共通点もあり、会う機会は少ないが、会えば親しく食事をする関係だった。

しかしそれは「直接顔を合わせれば」であり、頻繁に電話で話をする間柄ではなかった。

事実上亡命した自分に国際電話を掛けてくるなど、何か深刻な事態が発生したのだろうか？

そう首を捻《ひね》ったリーナだったが、カノープスやバランスならともかくアビゲイルが電話してくるような用件など、彼女にはまるで思い当たる節が無い。

「……お久し振りです。それにしても、よく私の連絡先が分かりましたね」

リーナの問い掛けに、アビゲイルがモニターの中で悪戯《いたずら》っぽく笑う。五年前に出会った時の彼女は一見して美少年という外見だったが、今ではすっかり女性らしくなっている。当時と共通するのは髪が短いだけで、それだって明らかに女性のショートカットだ。だがこういうふとした表情に、当時の面影が垣間見《かいまみ》える。

『実はね、リーナ』

思わせぶりに、言葉を句切る。それがアビゲイルの思惑どおりと分かっていても、リーナの意識はアビゲイルの次の言葉に吸い寄せられた。

『今度、そっちに行くことになった』

「ハアッ？」

目を真ん丸にしたリーナは、完全に「何を言われているのか分からない」状態だ。

「そっちって……、日本にという意味ですか？」

『日本は日本だけどね。もしかして、何も聞いてない？』

「……心当たりがありません」

『おかしいな。恒星炉プロジェクトの件でミスター・シバとの交渉に携わったのはリーナだと聞いているんだけど』

「交渉と言っても親書を手渡しただけで、詳しい内容はジェームズ秘書官が取《と》り纏《まと》められたんですが」

『じゃあ内容は聞いてない？』

「いえ、ある程度のことはタツヤから聞いています。確か、技術移転の為《ため》にステイツの技術者を何人か受《う》け容《い》れることになったって……まさか⁉」

「そのとおり」

　リーナの驚く顔を見て、アビゲイルがニヤリと笑う。

『私も派遣技術団の一員として巳焼島《みやきしま》へ行くことになった。半年くらいお世話になると思う』

「アビー、貴女《あなた》が、半年も⁉　本当に許可が下りたんですか⁉」

　仮にもアビゲイルは戦略級魔法の開発者だ。研究が専門分野の荷電粒子兵器に偏っている為《ため》、達也《たつや》のように様々な魔法を編み出した実績は無いが、それでもＵＳＮＡが国外流出を恐れる頭脳であるのは間違いない。

『我がステイツも、それだけ恒星炉技術を重視しているということさ。そちらのカレンダーで十五日に着く予定だから。よろしくね』

「え、ええ。アビーが来てくれるのは嬉《うれ》しいです。こちらこそよろしくお願いします」

『そうだね、私も嬉《うれ》しいよ。では四日後に会おう』

　電話が切れモニターの画面が暗くなっても、リーナはしばらく放心したままだった。

［4］

八月十一日の夕方、巳焼島《みやきしま》事変の事後処理に関して、無視し得ない出来事があった。

偶々《たまたま》現地に居合わせた高校生が、テレビのニュース番組で武力攻撃を受けたその時の様子を証言したのだ。

出演した局は伝統メディアが牛耳る地上波ではなくケーブルテレビ。複合メディア企業『カルチャー・コミュニケーション・ネットワーク』、通称『カル・ネット』が運営するチャンネルだ。ちなみにこれは余談だが、『カル・ネット』のオーナー社長は去年の四月に七宝琢磨《しっぽうたくま》を通じて達也《たつや》と因縁があった有名女優・小和村真紀《さわむらまき》の父親である。

そして「偶々《たまたま》居合わせた高校生」というのは言うまでもなくエリカ、レオ、幹比古《みきひこ》のことだ。三人は魔法科高校生だということも、達也《たつや》の友人であることも明らかにした上で巳焼島《みやきしま》の攻防について語った。

番組の反響は大きかった。

魔法師の卵だという点、達也《たつや》の友人という点を色眼鏡で見る向きも一部にはあったが、偶然事件を目撃した単なる高校生が語った目撃談という事実を重視する視聴者の方が多かった。

主に喋《しゃべ》ったのはエリカだ。そもそもレオも幹比古《みきひこ》もテレビに出るのを嫌がっていたのだが、自分一人では妙な誤解をされるから一緒に出て、とエリカに出演を強制されたのだった。

実を言えばエリカ自身も一昨日までは、テレビに出るつもりは無かった。六日に帰京してすぐ、どこから聞きつけたのか複数の出演依頼があったのだが、それらは全て断っていた。

だが一昨日、某地上波テレビ局から顔も名前も出さない条件で取材を受けた際に、テレビ局側のシナリオにしつこく誘導されて「事実をねじ曲げられるのではないか」と危機感を覚えたのだ。

あの日は第三者の証人になるという条件で巳焼島《みやきしま》に残らせてもらったのに、このままでは達也《たつや》に不利なフェイクニュースのネタ元にされてしまうかもしれない。――見掛けに反して義理堅いエリカはそう危惧して、歪曲《わいきょく》報道のリスクが小さい生放送を条件にニュース出演を決意したのだった。

なお某テレビ局がでっち上げようとしたシナリオは達也《たつや》がフィアンセの深雪《みゆき》に隠れてエリカと付き合っており、達也《たつや》はエリカを守る為《ため》に新ソ連軍相手ばかりでなく米軍相手にも奮闘した、というものだ。今回の出演にレオと幹比古《みきひこ》を引きずり込む際、口にした「妙な誤解」というフレーズは、このシナリオを念頭に置いたものだった。

前述したようにエリカたちが明かした素性から、同じ高校に通う魔法師をかばっているのだろうと決め付ける声はあった。数は少ないが、その声は大きかった。

しかし声の「数」で言えば好意的なものの方が遥《はる》かに多かった。――その中に「誰だ、あの美少女は？」という声も多数紛れ込んでいたのはご愛敬《あいきょう》だろう。

かくしてエリカはお茶の間に鮮烈なデビューを飾り、それに伴ってレオ、幹比古《みきひこ》と共に真実の証人になるというミッションをクリアしたのだった。……主と従が逆転している気もするが、当初の目的を達成した以上、些細《ささい》な問題だと思われる。

◇　◇　◇

八月十二日、月曜日。

達也《たつや》は深雪《みゆき》とリーナを乗せてエアカーで登校した。自走車通学は本来禁止されているのだが、彼が今、公共交通機関を使うと大混乱を引き起こす懸念《けねん》が大であることと、現在が夏休み中という理由で特別に入構を許された。

彼が久し振りに一高へ来たのは、昨日骨を折ってくれた友人に会う為《ため》だ。

探し人の一人目はカフェにいた。

「エリカ、昨日はお疲れ様だったな。感謝する」

「本当に。エリカ、達也《たつや》様の為《ため》にありがとう」

頬杖《ほおづえ》をついてぼんやりしていたエリカに、達也《たつや》と深雪《みゆき》が昨日のテレビ出演について慰労と謝辞を述べる。

「どういたしまして」

エリカは覇気のない笑顔と、何やら随分と疲れている感のある声で応えを返した。

「エリカ、随分と元気が無いみたいだけど具合でも悪いの？」

リーナが心配してそう問い掛ける。

「大丈夫。ちょっと疲れているだけだから。……精神的に」

「精神的に？」

リーナは良く分からなかったようだが、達也《たつや》と深雪《みゆき》は納得顔になっていた。

学校の敷地内《しきちない》でも、普段の五割増しでエリカに視線が向けられている。それなりに顔が売れている一高内でさえこうなのだ。外ではさぞかし、他人の目が鬱陶しかったことだろう。

「今日は家にこもっていた方が良かったのかもしれないな」

「そういうわけにもいかないでしょ」

達也《たつや》の同情が込められたセリフに、エリカは頭《かぶり》を振った。

「交流戦まで、余り日数がないんだから」

そう言って、エリカは億劫《おっくう》そうに立ち上がる。

「また後でね」

着替えの入ったバッグを肩越しにぶら下げたエリカが、空いている方の手を振りながら去って行く。

「意外と真面目なのね、彼女」

エリカの背中を見送りながら、そのセリフのとおり意外そうな口振りでリーナが呟《つぶや》いた。

◇　◇　◇

京都に置かれている魔法協会本部。

今日ここでは、会長、支部長、部門長を集めた臨時の会議が開かれていた。

「──あの男の増長は目に余る！　ここで断固とした対応をしなければ当協会の権威が損なわれます！」

先程から顔を赤くして力説しているのは百目鬼《どうめき》関東支部長。この会議の開催を求めたのも百目鬼《どうめき》だ。

議題は達也《たつや》に対する懲罰の実施。

「しかし、相手は四葉《よつば》家の魔法師ですよ。実効性が無いのでは？」

懲罰と言っても、魔法協会にも暴力的な手段は許されていない。

最も重いもので除名。この処分を喰《く》らうと魔法師としてのライセンスが使用できなくなるので魔法技能を条件にする職に就けなくなるのだが、魔法の使用自体を禁じられるわけではないので、ライセンスに頼らず自分で顧客を見付けて仕事をする分には問題にならない。個人的なつながりで雇用される場合も同様だ。

その点達也《たつや》は、まず四葉家《よつばけ》の一員で求職活動は最初から必要無いし、技術者としても、兵士、いや戦力としても、魔法協会のライセンスに頼る必要性は全く無い。

除名以外の、「共済保険の不適用」や「非行魔法師として氏名公表」などは、なおさら何の痛手にもならないだろう。それはおそらく、百目鬼《どうめき》にも分かっているはずだ。

「四葉家《よつばけ》の権勢も永続するものではないだろう！　今は効果が無くても、その内思い知ることになる！」

百目鬼《どうめき》は強気な態度を崩さない。だがそれは、角度を変えれば虚勢に見えた。

「まあ、司波《しば》君が魔法協会を蔑《ないがし》ろにしたのも事実のようですし、百目鬼《どうめき》支部長のご提案どおり懲罰決議だけでもしておきますか。会長、如何《いかが》です？」

「ええ……そうですね」

意見を求められて、協会長の十三束翡翠《とみつかひすい》は言葉を濁した。

理性的、と言うより利害勘定的には、四葉家《よつばけ》を敵に回すべきではないと分かっている。

だが感情面では、ディオーネー計画の件で散々苦しめられた達也《たつや》に意趣返しをしたいという気持ちが強い。

「……取《と》り敢《あ》えず、懲罰の対象にするかどうか決議しましょう。具体的に何を適用するかは後で論じることにして」

「そうですね」「分かりました」「賛成です」

　意識せず、懲罰の実施を前提とした翡翠《ひすい》の発言に、賛同の声が上がる。

「では、懲罰に賛成の方は挙手を」

　しかし決を採ろうとしたところで、緊急呼び出しのブザーが鳴った。

　本物の緊急連絡でない限りつながないようルールが徹底されている内部回線だ。採決を仕方無く中断して、翡翠《ひすい》は応答ボタンを押した。

「何ですか？」

　不機嫌を隠せぬ翡翠《ひすい》の問い掛けに、

『防衛大臣から至急のお電話です』

　ハンズフリースピーカーから慌てていることが窺《うかが》われる声で答えが返る。

「至急？　分かりました」

　翡翠《ひすい》はインカムに答えて、会議室の一同に「少し席を外します」と告げた。

　電話を受ける為《ため》に会議室を出た翡翠《ひすい》は、五分程で戻ってきた。

「防衛大臣はどのような御用件だったのですか？」

　深刻な表情で席に着いた翡翠《ひすい》に質問が飛ぶ。

「……採決は中止して閉会します」

「何故《なぜ》です⁉」

翡翠《ひすい》の口から出た突然の閉会宣言に、百目鬼《どうめき》が怒りを露《あら》わにして立ち上がる。

「……大臣が何か？」

別の幹部が翡翠《ひすい》に恐る恐る訊《たず》ねた。

「防衛大臣は『政府としては、今回の司波《しば》達也《たつや》さんが取った行動には何の問題も無かったと認識している』と仰《おつしや》いました」

会議室が静まりかえる。

「魔法協会も、この認識に沿って行動して欲しいのだそうです」

バンと机を叩《たた》く音がした。

手を振り下ろした体勢で、百目鬼《どうめき》関東支部長がブルブル震えている。

それを気の毒そうに見やりながら、会議に参加していた他のメンバーは次々に席を立った。

◇　◇　◇

「……そうですか。ありがとうございました。……ええ、機会があれば是非ご一緒させてくださいませ」

寛《くつろ》いだ姿勢でクラシックな受話器を手に、音声のみの電話を受けていた真夜《まや》が優雅な手付きでその受話器を置いた。

「奥様、防衛大臣は何と？」

ティーカップを真夜《まや》の前に置いた葉山《はやま》がこう訊《たず》ねたのは、彼の女主人が話したそうな素振りを見せていたからだった。

「達也《たつや》さんに対する政府の評価を、魔法協会に伝えてくださったそうよ」

「そうですか。それはようございましたな」

「政府も達也《たつや》さんにへそを曲げられたくないのでしょうね」

「達也《たつや》様が米国と接触したことは彼らも摑《つか》んでいるでしょうから。結ばれた協定の内容までは分からぬと思いますが、だからこそ余計に警戒しておるのでしょう。達也《たつや》様が四葉家と共に日本を離れて米国につくかもしれないと」

「疑心暗鬼に囚《とら》われているのね」

真夜《まや》が人の悪い表情で失笑を漏らす。

「それで余計なことをしそうになった魔法協会に、慌てて釘《くぎ》を刺したというところかしら」

「御意」

「まあ……達也《たつや》さんにとっては、余計なお世話かもしれないけど」

「世の中には強者故の弱点というものもございます。達也《たつや》様はご年齢より成熟されている方ですが、それでもまだ十八歳。ご本人が気付かれぬところは、余計な世話と言われようとも年長者が補うべきかと存じます」

真夜《まや》がクスッと笑う。今度は裏表の無い笑顔だった。

「達也《たつや》さんをその様に言えるのは葉山《はやま》さんくらいではないかしら。あの子の至らぬところを見付けたら、是非フォローをお願いね」

「もちろんでございますとも」

葉山《はやま》はあくまでも恭《うやうや》しく、実直そのものな態度で頭を下げた。

◇◇◇

深雪《みゆき》とリーナはエリカと別れた後、達也《たつや》とは別行動で部活連本部に来ていた。

「……そうですか。交流戦にエリカが出場することについては問題無いのですね？」

「ええ、他校の了解が取れました」

深雪《みゆき》の言葉を五十嵐《いがらし》が肯定する。

「それどころか『ではうちも』と言って女子を出場させる学校が当校を含めて合計で五校に上りました」

「過半数ですか」

「当たり前かもしれませんが、女子も九校戦に出たかったんでしょうね……。あっ、すみません」

五十嵐《いがらし》が謝罪したのは、九校戦が達也《たつや》の所為《せい》で中止になったという中傷が蔓延《まんえん》していたからだ。九校戦中止を惜しむ、イコール達也《たつや》を非難していると深雪《みゆき》に誤解されたかもしれないと考えたのだった。

「何がです？」

だがそれは、五十嵐《いがらし》の杞憂《きゆう》だった。

ただし、深雪《みゆき》が九校戦中止に関する達也《たつや》への中傷を忘れているのではない。

達也《たつや》が陰口に曝《さら》されていたのは五月。

あれから色々なことがありすぎて、もう気にならなくなっていたのだ。

五十嵐《いがらし》にはそこまで理解できていなかったが、取《と》り敢《あ》えず深雪《みゆき》が怒っていないと知ってホッと胸を撫《な》で下《お》ろす。

「それよりも、五十嵐《いがらし》君」

「はいっ、何でしょう！」

気を緩めた直後に名前を呼ばれて、五十嵐《いがらし》は鬼軍曹に怒鳴られた新兵のように背筋をピンと伸ばした。

彼の過剰な反応に、深雪《みゆき》は小首を傾《かし》げる。

「女子選手出場に伴うルールはどうなりますか？」

しかし気にするまでもないと考えた深雪《みゆき》は、土曜日に達也《たつや》からアドバイスされた点を訊《たず》ねた。

「ルールですか？」

五十嵐《いがらし》が質問の趣旨を理解できず訊《き》き返す。

「大学でモノリス・コードに女子選手が出場する場合は、対物シールド魔法をプログラムした防御用武装デバイスが認められているはずです。少なくともプロテクターについては優遇する必要があるのではないでしょうか」

深雪《みゆき》は回答として、達也《たつや》から指摘された内容をそのまま伝えた。

「あっ、そうですね……」

五十嵐《いがらし》の反応からするに、彼は大学のルールについて知っていたようだ。

「早速他校と協議してみます」

五十嵐《いがらし》がその言葉のとおりテレビ会議システムに向かう。

せっかちなその後ろ姿に深雪《みゆき》とリーナは顔を見合わせて、邪魔にならないよう部活連本部から出て行った。

◇◇◇

一方達也《たつや》は、モノリス・コードの練習をしている校舎裏の演習林に来ていた。

彼の視線の先では、エリカが目にも留まらぬ程の速さで魔法の弾幕の中を駆け抜けている。

無謀な突進に見えて、エリカは一発も被弾していない。相変わらず見事な身体操作だ。達也《たつや》はエリカのことを「最速の魔法師」と見做《みな》しているが、その印象は今日も変わらない。

単に移動速度や加速度を競うだけならば、エリカよりも速い魔法師は世界に大勢いるだろう。だが魔法で加速した状態で思いどおりに身体《からだ》をコントロールするセンス、つまり魔法で加速させられていいるのではなく自己加速魔法を使いこなしているという点で、エリカは群を抜いているというのが達也《たつや》の評価だった。

彼女の実兄である千葉《ちば》修次《なおつぐ》も巧みに自己加速魔法を使うが、エリカとはタイプが違う。修次《なおつぐ》が『イリュージョン・ブレード』と呼ばれる理由は加速と停止を細かく切り替え、敵に狙いを付けさせない戦闘技術にある。エリカのように、人間の知覚力の限界領域で技を操っているのではない。謂《い》わば修次《なおつぐ》は変幻自在、エリカは電光石火だ。

しかし目の前で魔法の雨を躱《かわ》しているエリカは、電光石火でありながら変幻自在だった。加速、停止、加速の切り替えという修次《なおつぐ》のテクニックを使いこなして、模擬戦の相手に狙いを付けさせない。

電光石火でありながら変幻自在。幻惑の歩法は、まだまだ修次《なおつぐ》のレベルには及んでいない。それでもエリカが着実にレベルアップしているのは間違いなかった。

だが練習相手を務めている生徒も一高トップクラスの実力者だ。エリカの快進撃は、モノリスを守っていた生徒との相討ちで終わった。

やはり直接斬りつけられないルールでは、勝手が違うようだった。

「エリカ、大丈夫か？」

エリカの無系統魔法を受けてひっくり返っている――斬られたと錯覚して自分から倒れたのだ――ディフェンスの男子生徒を無視して、達也《たつや》がエリカに声を掛ける。

「痛ててて……あれ、達也《たつや》くん？　深雪《みゆき》と一緒じゃないの？」

エリカのセリフに達也《たつや》は苦笑いを浮かべた。やはり、自分と深雪《みゆき》はワンセットに見られているようだ、と思ったのだ。――それが達也《たつや》には、不快ではなかった。

「深雪《みゆき》は部活連本部へ状況を確認しに行っている。怪我《けが》は無いか？」

「骨は逝《い》ってないよ。打ち身だけ。まあ、痛いけど……これくらいは日常茶飯事だから」

エリカが喰《く》らったのは圧力を直接加える魔法。身体《からだ》全体を対象にしながら圧力が強くなる焦点を設定することで、局所的に強い打撃を加えるのと同じ効果を発揮する『圧力レンズ』という魔法だ。

エリカは何でもない顔で笑っているが、達也《たつや》が視た魔法の威力からして相当酷《ひど》い打ち身になっているはずだった。

「痛むのは左足の付け根だな？」

「うん、そう。……見せられないよ？」

エリカが悪戯《いたずら》小僧のような顔で笑う。

「服を脱ぐ必要は無い」

達也《たつや》は平然とした表情でそう言いながら、左手をエリカに向けて翳《かざ》した。

その手首に装着されている銀環は完全思考操作型ＣＡＤ『シルバートーラス』。ペンダント型のコントローラーからの想子《サイオン》信号を受けて一瞬、起動式を出力する。

発動する魔法は『再成』。完全治癒、修復に見せて、その実質は限定的時間遡行《そこう》の魔法。いや「時間経過改変」の魔法と表現する方がより正確か。「過去の一時点から外的な影響を受けずに時間が経過した現在」で「過去に外的影響を受けて確定した現在」を置き換える魔法。

『再成』がエリカに作用する。

魔法攻撃という外的な影響によってエリカの左足に生じた打撲が、何事も無かったかのように消え失せた。

「……ありがと。悪いわね」

エリカは『再成』のことも、その代償も知っている。彼女が顔を顰《しか》めながら酷《ひど》く申し訳なさそうな表情になったのは、達也《たつや》が負った「代償」を自分の身に置き換えて想像したからだ。

「この程度はそれこそ慣れている」

達也《たつや》は強がっている風も無くそう言って、エリカに右手を差し出した。

達也《たつや》の手を借りて、エリカが立ち上がる。

「直接作用する魔法は、やはり避けにくそうだな」

「弱い魔法だったら気合いで何とかなるんだけどね」

「気合いって……間違いじゃないんだろうけど」

自陣からエリカの様子を見に歩み寄ってきた幹比古《みきひこ》が、呆《あき》れ声で口を挿《はさ》む。

「魔法科高校の生徒なんだから、そこは『肉体から放出する想子《サイオン》の圧力で』とか言うべきじゃない？」

「長いって。一言で済むんだから『気合い』の方が手っ取り早いじゃない」

軽い口調で言い返すエリカ。

「直接攻撃はプロテクターである程度軽減できると思うが、やはり対抗魔法も用意しておくべきだろう」

対照的に、重々しく達也《たつや》が告げる。その声には、有無を言わせぬ強制力があった。

「えっ……。でもあたし、対抗魔法なんて使えないよ？」

対抗魔法は魔法を無力化する魔法のことだ。『情報強化』や『領域干渉』、達也《たつや》が使う『術式解体《グラム・デモリッション》』や『術式解散《グラム・ディスパージョン》』も対抗魔法に分類される。

「弱い魔法なら『気合い』で吹き飛ばせるのだろう？　ならば可能性はある。そうだな……」

達也《たつや》が片手を顎に当ててしばし考え込む。その姿に何となく気圧《けお》されて、エリカと幹比古《みきひこ》は達也《たつや》が口を開くのを黙って待った。

「エリカ、魔法式を刀で斬れないか？」

「はっ？」

　エリカは何を言われたのか分からないという顔だ。

「魔法の本体は魔法式だ。魔法式を破壊できれば、魔法を無効化できる」

「……その程度のことは知ってるけど。でも魔法式を斬るって……何処《どこ》を斬れば良いのよ？　魔法式は身体《からだ》の表面に描き込まれてるわけじゃないよね？」

「無論、情報次元だ」

「一体どうやって!?」

「魔法を使う時と同じだ。エリカ、お前は自己加速魔法を使う時、どうやって自分の身体《からだ》という対象を定めている？　肉体の手で魔法式を描き込んでいるのか？」

「まさか。そんなのもちろん、イメージで……」

　答えている途中で、エリカが「あっ！」と声を上げた。

「それと同じだ。魔法を認識する感覚で捉えた敵の魔法式を、魔法を放つ、謂《い》わば『心の手』で『想子《サイオン》の刃』を振って斬れば良い」

「なる程……」

「魔法式を斬る為《ため》の刃は、起動式を用意してやる。そうだな……二時間待ってくれ。取《と》り敢《あ》えずあり合わせの機材でＣＡＤの試作品を用意しよう」

「二時間!?」

「あり合わせって……アハハ」

幹比古《みきひこ》が素っ頓狂な叫び声を上げ、エリカが乾いた笑い声を漏らす。

「それまで練習を続けていてくれ」

達也《たつや》は二人の反応を気にした素振りも無く、校舎へ足を向けた。


達也《たつや》がモノリス・コードの練習場に戻ってきたのは、本人が予告したとおり二時間後のことだった。背後には深雪《みゆき》とリーナ、そして何処《どこ》で合流したのかレオが続いている。

「エリカ」

達也《たつや》が細長い携帯端末形態のCADをエリカに手渡す。エリカが眉を顰《ひそ》めたのは、手を塞ぐ携帯端末形態が彼女の戦闘スタイルに合わないからだろう。

「想子《サイオン》ブレード創出の魔法は常時発動型だ。いったん起動すれば、終了する為《ため》の魔法を使うまでループキャストで発動し続ける」

無論、その程度のことを達也《たつや》が考慮していないはずはなかった。

「フーン……。じゃあ、CADはポケットに入れっぱなしで良《い》いのね?」

眉間の皺《しわ》を消したエリカの問い掛けに達也《たつや》が頷《うなず》く。

「実体のある刀と実体の無い刃の二刀流になる。最初は戸惑うかもしれないが、エリカなら使いこなせるはずだ」

そして達也《たつや》のこのセリフに、エリカが満更でも無さそうに口角を上げた。

「そこまで言われちゃ、張り切らないわけにはいかないわね」

「……子猫もおだてりゃ木に登る」

ボソッと呟《つぶや》いたのはレオだ。

「何か言った⁉」

「空耳だろ。何が聞こえたんだ？」

即反応したエリカに、レオがとぼけて見せる。

「しらばくれる気？　子猫も……って、んっ？」

追及を続けようとしたエリカだが、自分が再現しようとしたフレーズに違和感を覚えて言葉に詰まってしまう。

「じゃ、俺はあっちで見物させてもらうわ」

レオはエリカに背中を向けて、片手をヒラヒラと振りながら救護班の待機場所へ向かった。

「俺たちも少し離れていよう」

「はい、達也《たつや》様」

「オーケー」

達也《たつや》の言葉に深雪《みゆき》とリーナが頷《うなず》く。

「エリカ、分からないことがあったら遠慮無く訊《き》いてくれ」

「う、うん。ありがと」

エリカは達也《たつや》に返事をしながら、なおも納得のいかないという顔をしていた。


「ねえ、タツヤ」

エリカに声が聞こえない距離まで離れたところで、リーナが小声で達也《たつや》に話し掛ける。

「レオは何を言ったの？　普通は『豚もおだてりゃ木に登る』じゃない？」

「木に登った子猫が高い枝から下りられなくなった、という話を聞いたことが無いか？」

「ああ、そういう意味でしたか」

納得の声を上げたのは深雪《みゆき》だ。

「聞いたことある気がするけど、それが？　ミユキ、自分だけ納得してないで教えてよ」

「つまりね、リーナ。木に登っているうちはどのくらい高い所にいるのか自覚せずに、いざ下りようとしたら高さに目が眩《くら》んで竦《すく》んでしまう子猫のように、調子に乗って自分の実力を過信すると痛い目に遭うぞ、と西城《さいじょう》君は警告したのよ」

「レオも耳に痛いことを言う。十分な安全マージンは確保しているつもりだが、エリカが無理をしないように注意して観戦するとしよう」

深雪《みゆき》のセリフを受けて、達也《たつや》は自分に言い聞かせるような口調で呟《つぶや》いた。

その日、西の空が赤く染め上げられる頃には、エリカは魔法式斬殺ならぬ『魔法式斬壊』の対抗魔法を自分のものにしていた。

［5］

八月十四日、達也《たつや》たち四人は巳焼島《みやきしま》に戻った。翌日十五日、USNAから恒星炉技術習得を目的にする技術者の一団が巳焼島《みやきしま》を訪れることになっている。それに備えてのことだった。

USNAからジェフリー・ジェームズを通じて提供された技術者の名簿を見て、達也《たつや》は「本当だったんだな」と呟《つぶや》いた。

呟《つぶや》いた場所は別宅の、四人が揃《そろ》ったリビング。その声は全員の耳に届いた。

「何がですか?」

そう問い掛けたのは深雪《みゆき》だ。リーナは興味なさそうにカフェオレのマグカップを傾け、水波《みなみ》は慎み深く沈黙を守っている。

「来日する技術者の名簿にアビゲイル・ステューアットの名前が記載されている」

「その方がどうかされましたか?」

深雪《みゆき》に重ねて問われ、達也《たつや》はリーナへ目を向けた。

「リーナ、お知り合い?」

その視線の意味を「リーナに訊《き》いてくれ」という意味だと解釈した深雪《みゆき》が質問の相手をリーナに変える。

マグカップをローテーブルに戻したリーナは一瞬だけ達也《たつや》を睨《にら》み、平気なふりを装《よそお》って「ええ」と答えた。

「アビー……アビゲイル・ステューアット博士はスターズの技術顧問よ。専門は荷電粒子魔法兵器。ワタシも随分お世話になったわ」

「荷電粒子魔法兵器ということは……リーナのヘビー・メタル・バーストやブリオネイクを作ったのもその人？」

小首を傾《かし》げて問う深雪《みゆき》に、リーナは両目を丸く見開きポカンと口を開けた。

「——たったあれだけの言葉で、何でそこまで分かるの⁉」

「何でって言われても……そんなに難しい推理かしら」

何でも無いことのように語る深雪《みゆき》に、リーナが大きくため息を吐く。

「頭がおかしいのはタツヤだけじゃなかったのね……」

「……ごめんなさい、リーナ。よく聞こえなかったわ。もう一度言ってもらえないかしら」

思わず正直な感想を漏らしたリーナに、深雪《みゆき》はパウダースノーのように純白で、キラキラとして、柔らかく、さらさらと乾いた、冷たい笑みを向けた。

「ひっ！」

失言したと自覚したリーナが、罪悪感と恐怖で竦《すく》み上《あ》がる。

「お……」

「お？」

冷や汗を滲《にじ》ませるリーナと、圧を強める深雪《みゆき》。

「お……」

「お、何かしら？」

「お……おかしなくらい頭の回転が速いのはタツヤだけじゃなかったのね、と言ったのよ」

祈るような表情で、上目遣いにリーナが深雪《みゆき》の顔を窺《うかが》う。

「まあ！」

深雪《みゆき》の笑顔が乾いた雪から瑞々《みずみず》しい花に変わった。

「リーナったら。『おかしな』は、ないんじゃない？　もっと他に言いようがあるでしょう」

「そこまで日本語が上達していないのよ」

「そういうこともあるのかもしれないわね」

深雪《みゆき》のこの言葉を聞いて、リーナの両肩から力が抜ける。実のところ彼女は、今すぐソファの上で横になりたい程の脱力感を覚えていた。だがそんな真似《まね》をすれば深雪《みゆき》に怪しまれてしまう。せっかく何とか切り抜けたのに、とリーナは気力で耐えた。

そんなリーナの葛藤には気付かず——あるいは、気付かぬふりで——、深雪《みゆき》は達也《たつや》に目を向け直した。

「お兄様。そんな大物が、恒星炉技術の為《ため》だけに来日するでしょうか。いえ、アメリカ政府が出国を認めるでしょうか？」

「その疑念はもっともだ。だがこの件に関しては、そこまで心配しなくても良いと思う」

達也《たつや》の答えに意外感を強く覚えたのは、深雪《みゆき》よりもリーナの方だった。

「タツヤ、何故《なぜ》信じてくれるの？」

「逆に大物過ぎるからだ。何か工作を仕掛けてくるなら、戦略級魔法の開発者みたいな重要人物を使うはずがない。コストパフォーマンスが悪すぎる」

「コストって……」

人間をコスト計算の対象にする達也《たつや》の思考法に、リーナは違和感を覚えている様子だ。こういうところも、彼女は軍人に向いていないのだろう。

「これは想像だが、ステューアット博士は自分の知的好奇心を最優先するタイプではないか？ともすれば、自分の身の安全よりも」

「…………うん、そう」

リーナは目を泳がせ、最終的に歯切れ悪く頷《うなず》いた。

「アビーはチョッと浮世離れしているところがあるから。……それにオタクだし」

「オタク？」

今でも使われていることは使われているが、今世紀初頭程ポピュラーではなくなった単語に深雪《みゆき》が小首を傾《かし》げる。

「ギークじゃなくて？」

　この場面で深雪《みゆき》は「ギーク」を「先端テクノロジー偏愛者」の意味で使っている。スターズの顧問になる程の科学者なら、オタクはオタクでも技術オタクだろうとイメージしたのだ。

「少し違うんだけど……。ミユキに絡《から》んでくることは無いだろうから、その認識で良《い》いわ。アビーが執着するのは、もっと幼い感じの子だし」

「……女の人なのよね？」

「ええ、二十二歳……いえ、もう二十三歳になったのだったかしら？　とにかく、二十代前半のレディよ」

「それで幼い女の子が好きなの……？」

「あーっ、ロリコンとかじゃない……、のかな？　とにかく、性的に不埒《ふらち》な真似《まね》をするわけじゃないからそこは安心して」

「そう？」

　深雪《みゆき》はそれ以上追及しなかった。彼女の顔を見れば納得していないと分かるが、これ以上問い詰めても、誰も幸せにならない気がしたのである。

　アビゲイル来日の裏に何があるのか、それとも純粋に恒星炉技術を見に来るだけなのかどうかは、彼女の性癖に関する話題の所為《せい》で有耶無耶《うやむや》になった。

◇◇◇

二〇九七年八月十五日、木曜日。

この日が世界に記憶されることは無かった。達也《たつや》とアビゲイル・ステューアット博士の出会いは、後世の史家が魔法工学上の一イベントとして時々言及するくらいだ。

しかし当人たちにとっては、大きな意味を持つ出会いだった。

「ようこそ、ステューアット博士」

「ミスター司波《しば》、お世話になります」

百五十センチ台半ばの、明らかに運動不足の感がある女性科学者と握手をした時、達也《たつや》は「これがFAE理論を実用化した天才か……」と称賛の念を懐《いだ》いた。

達也《たつや》と握手をしたアビゲイルは「これが加重系魔法の技術的三大難問の内、二つを解決した鬼才か……」と心の中で感嘆のため息を漏らした。

なお「加重系魔法の技術的三大難問」とは「理論的には可能なはずなのに技術的には実現できない」と長い間魔法工学上の課題になっていた三つのテーマで、具体的には「重力制御型熱核融合炉」「汎用的飛行魔法」「慣性無限大化による疑似永久機関」を指す。達也《たつや》はこの内、「重力制御型熱核融合炉」と「汎用的飛行魔法」を技術的に実用化している。

　また「ＦＡＥ理論」とは「Free After Execution theory」、日本語で「後発事象可変理論」とも呼ばれているが、日本の学者の間でも「ＦＡＥ理論」の方が一般的に通用している。

　具体的には「魔法で改変された結果として生じる事象は、本来この世界には無いはずの事象であるが故に、改変の直後は物理法則の束縛が緩い。従って、魔法の産物である事象に新たな改変を加える場合は、通常より遥《はる》かに小さな事象干渉力で望みの結果を得られる」とする仮説だ。

　しかしその「直後」として想定される時間が、一瞬という表現が少しも大袈裟《おおげさ》でない程短い為《ため》、この仮説を実証することはできなかった。そのＦＡＥ理論を初めて証明しただけでなく、魔法兵器として実用化したのがアビゲイル・ステューアット博士だった。

　なお達也《たつや》も今年、新魔法『バリオン・ランス』としてＦＡＥ理論の実用化に成功している。ただしこれはまだ、四葉家《よつばけ》の関係者と『バリオン・ランス』に敗れた十文字克人《じゅうもんじかつと》、その場にいた七草真由美《さえぐさまゆみ》と渡辺摩利《わたなべまり》にしか知られていない。

　もっとも、自分が実用化できたからといって達也《たつや》のアビゲイルに対する敬意が薄れることはなかった。達也《たつや》の『バリオン・ランス』はアビゲイルが作った『ブリオネイク』を参考にしている。彼女の実績あってこその新魔法だ。そこを達也《たつや》は勘違いしていない。

「早速プラントをご覧になりますか？」

「ええ、是非」

達也《たつや》はアビゲイルがそわそわしているのを見抜いて、彼女の希望最優先でセレモニーを省略させ空港から恒星炉プラントに直接案内した。

プラントを一通り案内した後、達也《たつや》は来日した技術者一行を改めて歓迎の立食パーティーに案内した。時刻は既に正午近かったが、アビゲイルたちに訊《たず》ねたところ時差の影響もあり全員余り食欲が無いとのことだったので、軽食パーティーのままにしたのだ。

「アビー、久し振りですね」

そのパーティーにはリーナも参加していた。明らかに日本人ではない彼女は米国技術団の注目を集めていたが、ただ注目されるだけで騒ぎには発展しなかった。彼らの中で『アンジー・シリウス』の正体を知る者は、アビゲイル一人だけだった。

「やあ、元気にやっているようだね」

リーナとアビゲイルの会話に割って入ろうとする者もいない。どうやらアビゲイルは、訪日技術団の中で浮いた存在であるようだ。

よく考えれば、それも無理はない。アビゲイルは現時点でまだ二十二歳。アメリカが幾ら実力主義といっても、四十代以上がメインの集団の中に二十代前半の小娘が紛れ込んでいれば馴染《な》じ《じ》ませてもらえなくても無理はない。知的エリートであればある程、二十歳年下の実力は、理性的には認められても感情的には受けいれられない部分があるのだろう。それがわずか百年足らずの寿命に縛られた人間というものだ。

「博士、ご紹介します。こちらは私のフィアンセです」

「はじめまして、ステューアット博士。司波深雪《しばみゆき》と申します。お会いできて光栄です」

何となく遠巻きにされている雰囲気を感じ取った達也《たつや》と深雪《みゆき》がフォローに動いたのも、ホストとしては当然の気遣いと言えよう。

「はじめまして、四葉《よつば》のプリンセス。お噂《うわさ》はかねがね」

アビゲイルには、深雪《みゆき》の美貌に圧倒された様子が無い。リーナとの付き合いで、美少女に耐性ができているのだろう。しかし他の訪日技術団員はそうもいかなかった。深雪《みゆき》とリーナ、絶世の美少女二人が放つオーラに、先程までとは別の理由でアビゲイルのいるテーブルを遠巻きにしていた。

達也《たつや》とアビゲイル、そして深雪《みゆき》とリーナの周りに人のいない空白地帯が形成される。

「ちょうど良《い》い」

その様を見てアビゲイルは笑みを浮かべ、

「ミスターに伝言があるんだ」

意味ありげな口調で、達也《たつや》に話し掛ける。

「何でしょう」

「探し人が見付かったそうだよ」

達也《たつや》は表情を動かさなかったが、横で聞いていた深雪《みゆき》は驚いた顔でアビゲイルを凝視した。名前を言われなくても、達也《たつや》と深雪《みゆき》にはそれが誰だか明らかだった。

「ロサンゼルスにいたそうだ」

達也《たつや》の推測どおり、光宣《みのる》はUSNAの西海岸にいた。

「でも私がボストンを発《た》った時には既に、探し人はロングビーチから小型クルーザーで出国していたらしい」

「クルーザーの行き先は分かりますか？」

「そこまでは聞いていない」

「そうですか……ありがとうございます」

「どういたしまして」

アビゲイルは最後まで、達也《たつや》が探していた相手が何者なのか訊《たず》ねなかった。

◇◇◇

歓迎パーティーに続く本日の予定を全て消化し達也《たつや》が巳焼島《みやきしま》西海岸の別宅に戻ってきた時には、午後五時を過ぎていた。——なお深雪《みゆき》は歓迎パーティーのみの出席だった。

達也《たつや》は出迎えた深雪《みゆき》に「ただいま」と答え、深雪《みゆき》の後ろに控えていた水波《みなみ》に薄く軽い鞄《かばん》を預けて――鞄《かばん》を渡さないと水波《みなみ》は動こうとしない――リビングのソファに腰を落ち着けた。

「お疲れではございませんか？」

深雪《みゆき》が冷たい飲み物を達也《たつや》の前に置く。

達也《たつや》はグラスの中身を半分に減らしたところでテーブルに戻した。

「俺はそれ程疲れていないが……。ＵＳＮＡの技術者はタフだな。着いたその日で時差ボケも残っているだろうに」

「まあ、あの人たちは徹夜なんて日常茶飯事だろうし」

リーナが会話に割って入った。

「それより、これからどうするの？　計画どおり、燻《いぶ》り出しには成功したみたいだけど……船の追跡はできていないんでしょ」

リーナがバランス大佐に光宣《みのる》の捜索を依頼した際、彼女は態《わざ》と七賢人に解読されることが分かっている暗号を使った。

光宣《みのる》の側にいるレイモンドに解読されると分かっていて、普通の暗号を使ったのだ。

達也《たつや》の指示で。

その目的は今、リーナが口にしたとおり。

自分たちが捜索されていると知って、光宣《みのる》は隠れ家から逃げ出した。

しかしその後の行方が摑《つか》めなくなっているのも、リーナが指摘したとおりだ。

「光宣《みのる》君は日本に帰ってくるでしょうか……」

不安を隠せぬ声で深雪《みゆき》が呟《つぶや》く。

達也《たつや》は隠れ家を後にした光宣《みのる》が日本に戻ってくると予想していた。

「帰国は光宣《みのる》君にとって、危険な賭だと思うのですが」

しかし深雪《みゆき》が言うとおり光宣《みのる》が日本に入国したならば、「退魔」を掲げる古式魔法師をはじめとして、大勢の魔法師が彼を付け狙うに違いない。今度は八雲《やくも》も、光宣《みのる》を排除する側に回るだろう。それは光宣《みのる》も十分に予測しているはずだ。

「光宣《みのる》は戻ってくる」

達也《たつや》の答えは、断言だった。

「光宣《みのる》は水波《みなみ》を見捨てない。俺たちが水波《みなみ》を見放さないのと同様に。この点に関する限り、俺は光宣《みのる》を信用している」

達也《たつや》の言葉には、予測が予言になると信じさせる力があった。

「そうですね……。自ら人であることを捨ててまで水波《みなみ》ちゃんを救おうとした光宣《みのる》君ですもの。手段の是非は別にして、このまま逃げ出すことはありませんよね……」

深雪《みゆき》のセリフは自分自身に向けたものだったが、その言葉は水波《みなみ》の胸に深く、深く、突き刺さっていた。

達也《たつや》も深雪《みゆき》もリーナも、それに気付いていなかった。

迂闊《うかつ》と言うより、無神経と言うより、経験不足から来る限界だろう。
達也《たつや》は十八歳。深雪《みゆき》とリーナは十七歳。
どんなに強大な力を持っていても、
個人で国家を退ける魔法を使えても、
彼らはまだ、未熟な高校生だった。

［6］

光宣《みのる》とレイモンドを乗せた小型クルーザーは、平均五十ノットのスピードで太平洋を西進していた。行き先は達也《たつや》が予想したとおり、日本。

その船内で船を人目と観測機器から隠す『仮装行列《パレード》』を使いながら、光宣《みのる》は令牌《れいはい》を作成していた。周公瑾《しゅうこうきん》が東亜大陸の古式魔法を発動する媒体に使っていた黒い札だ。

この札は紙製ではない。呪術的な加工で表面を黒鉛に変化させた薄い木の札に呪的な文字と図形を刻んで、そこに水銀を流し込み、水銀をやはり呪術加工で硫黄と反応させ辰砂《しんしゃ》（硫化水銀）に変える。辰砂《しんしゃ》は日本では『丹《に》』と呼ばれ、ヨーロッパでは『賢者の石』と同一視されることもあった魔法素材。辰砂《しんしゃ》で魔法陣を刻んだ呪符、それが周公瑾《しゅうこうきん》の使っていた令牌《れいはい》だ。

光宣《みのる》は達也《たつや》との戦いに備え、時間が掛かる令牌《れいはい》作成に、精力的に取り組んでいた。

「光宣《みのる》」

キャビンに入ってきたレイモンドに声を掛けられて、光宣《みのる》は魔法陣を刻んでいた手を止めた。顔を上げて、目でレイモンドに続きを促す。

「航路に狂いは無し。オートパイロットは正常に稼働中《かどう》」

このクルーザーに乗っているのは光宣《みのる》とレイモンドの二人だけだ。航海は全て機械任せになっている。この時期、西太平洋では台風のリスクがあるのだが、二人とも全く気にしていない。

これは二人が能天気というより、魔法を持つ者と持たない者の意識の違いだろう。高レベルの魔法師であれば、多少の自然災害は脅威にならない。災害自体を防ぐことはできなくても、自分の身と自分が乗っている小型船を守る程度なら何とでもなる。十師族でも上位の魔法力を持っていた光宣《みのる》は言うに及ばず、レイモンドもスターズに採用される程の才能は無かったが、ハイスクールの魔法師用コースでトップクラスの成績を残す程度の実力はあった。

その二人がパラサイト化しているのだ。遭難のリスクを甘く見るのも仕方が無いかもしれない。

「このままなら、現地の暦で十九日には日本の領海に入れるよ」

レイモンドのセリフには、遭難の「そ」の字もリスクの「リ」の字も含まれていなかった。

「十九日か……。うん、最悪の事態は避けられそうだ」

光宣《みのる》が何処《どこ》となくホッとしたような面持ちで頷《うなず》いた。

光宣《みのる》が想定している最悪の事態は、もちろんこの船が沈むことではない。

彼は水波《みなみ》の治療の、最後の仕上げが間に合わないことを懸念《けねん》していた。

光宣《みのる》の計算では、最終処置が必要になるのは二年後のはずだった。

だが達也《たつや》が自分を探していることから——捜索が達也《たつや》の依頼によるものというのは何の根拠も無い光宣《みのる》の推測だが正解だ——水波《みなみ》の容態が急変したと光宣《みのる》は誤解した。

応急処置として水波《みなみ》に取り憑《つ》かせたパラサイトを光宣《みのる》は完全に支配している。水波《みなみ》の病状が悪化したら、それを抑えているパラサイトを通じて光宣《みのる》にも分かるはずだ。

同じ国内にいれば。

理由は今のところ分かっていないが、パラサイト同士の精神感応は、国境を越えると通じなくなってしまう。どんなに距離が近くても、国境を越えた途端、不通になるのだ。光宣《みのる》がレイモンドとの間で試したところ、同じ船で一人が舳先《へさき》、もう一人が艫《とも》にいて、領海の境界線を舳先《へさき》が越えた途端、念話が通じなくなった。

実を言えばこれは、パラサイトに限らず妖魔――精神生命体に共通の現象だ。何故《なぜ》人ならざるものたちが、定めた人間ですら忘れがちになる「国境」に影響されるのか、確かな答えは出ていない。有力な仮説は、元々「国境」には妖魔による災禍が自国に及ばないようにする為《ため》の結界の性質が与えられているからだと説明しているが、実験で確かめられないから真実かどうかは分からない。

理由はともかく、日本を脱出した光宣《みのる》には現在の水波《みなみ》の状態が分からない。水波《みなみ》の容態を確認する為《ため》にも、日本に戻らないという選択肢は光宣《みのる》には無かった。

選択肢といえば、光宣《みのる》の本音は空路で日本に入国したかったのだ。一刻も早く帰国したいという焦《あせ》りは今でもある。しかし米軍の協力を得られなくなった光宣《みのる》とレイモンドには、空港の入国審査を誤魔化す手筈《てはず》を調えられなかった。

日本時間八月十九日まで、あと三日。それまでに水波《みなみ》の容態が致命的に悪化することはあり得ないと、光宣《みのる》は自分に言い聞かせることで焦《あせ》りに耐えていた。

◇　◇　◇

八月十六日の朝。

達也《たつや》は巳焼島《みやきしま》の別宅が入っているビルの屋上へリポートで兵庫《ひょうご》と向かい合っていた。

「それでは兵庫《ひょうご》さん。よろしくお願いします」

「お任せください。深雪《みゆき》さまは細心の注意を以《もっ》て東京までお送り致します」

兵庫《ひょうご》の背後には主翼にダグテッドファンを組み込んだ小型ＶＴＯＬが駐まっていて、既に深雪《みゆき》、リーナ、水波《みなみ》の三人が乗り込んでいる。

今日から達也《たつや》と深雪《みゆき》は別行動だ。

達也《たつや》は恒星炉の技術指導で、プラントが一部稼働《かどう》を始めている巳焼島《みやきしま》を今は離れられない。

一方深雪《みゆき》は九校間の交流戦実施が間近に迫った状況で、一高生徒会長として東京に戻らなければならなくなった。

その為《ため》の別行動だ。

兵庫《ひょうご》が操縦席に乗り込み、電動モーターのリフトファン式ＶＴＯＬが静かに離陸する。

窓越しに手を振る深雪《みゆき》に、達也《たつや》は屋上から手を振り返した。

兵庫《ひょうご》が巳焼島《みやきしま》に戻ってきたのは正午前だった。この時間になったのは、調布《ちょうふ》の自宅に深雪《みゆき》たちを送り届けただけでなく、その後深雪《みゆき》とリーナを一高まで自走車で送っていったからだ。深雪《みゆき》のエスコートは達也《たつや》の指示によるもの。理由はもちろん深雪《みゆき》の身を守ることだが、調《ちょう》布《ふ》のビルに常駐している運転手ではなく兵庫《ひょうご》に送らせたのには他にも目的があった。

「達也《たつや》様、ご命令の品を回収して参りました」

そう言いながら、兵庫《ひょうご》は手に何も持っていない。その代わりに、彼の隣にはメイド服を着た一つの人影があった。

『マスター、ご命令をお願いします』

その人影はパラサイトを宿した3H（Humanoid Home Helper）、ピクシーだった。

達也《たつや》はピクシーに一高生徒会室で生徒会の手伝いを命じていた。ピクシーはこの命令に従って生徒会室から動かなかった。パラサイトを宿した彼女には、自分の意思で行動する能力があるにも拘《かか》わらず、達也《たつや》の命令を固く守っていたのだ。

その達也《たつや》が自分を呼び寄せたとなれば、達也の側で何か新しい仕事をもらえるとピクシーが考えるのも当然かもしれない。

「まず、家事を頼む」

『喜んで』

その言葉のとおり歓喜の念にあふれたテレパシーがピクシーから返ってきた。

元々3Hが家事を補助する目的で作られたロボットだから、というのは余り関係無いだろう。ピクシーにパラサイトを固定している念の核は「達也《たつや》に全てを捧《ささ》げたい」という想《おも》いだ。達也《たつや》の身の回りの世話は、ピクシーと一体化したパラサイトの本望に違いない。

「そしてもう一つ。パラサイトの侵入を感知したら報せろ」

『それは外国からの侵入という意味ですか？』

「そうだ。消耗した想子《サイオン》は俺が分けてやる」

『本当ですか⁉　ありがたき幸せ……！』

ピクシーのボディは自ら想子《サイオン》を産み出すことができない。その為《ため》、パラサイトの本体が活動することによって消費する想子《サイオン》は外部から補給を受けなければならない。

その誕生の経緯からピクシーが想子《サイオン》を受け取る最大の供給元はほのかだったが、今日から達《たつ》也《や》がその役目を果たしてくれるというのだ。ピクシーは恍惚《こうこつ》となっていた。

「今のところは以上だ」

『……かしこまりました、マスター』

恍惚《こうこつ》の中でも達也《たつや》の言葉を聞き逃すことはなく、ピクシーは笑顔で一礼した。――サイコキネシスで表情を作るのは達也《たつや》に禁止されていたが、それを失念してしまうくらいピクシーは舞い上がっていたのだった。

◇　◇　◇

八月十九日、午前十時。

「光宣《みのる》、日本の領海に入るよ」

GPS付きの海図を見ていたレイモンドが光宣《みのる》に注意を促す。

国境内に入ればパラサイト同士の交信が可能になるということは同時に、日本にいるパラサイトに光宣《みのる》とレイモンドの密入国が感知されてしまうということだ。

光宣《みのる》が出国した時、日本国内にパラサイトは残っていなかった。日本にパラサイトが新たに発生したとは思われないが、パラサイドールの存在がある。『仮装行列《パレード》』で偽装しなければ、ほぼ確実に自分たちの所在を摑《つか》まれてしまうだろう。

しかしパラサイト用のチャネルを閉じてしまうと水波《みなみ》の容態を探れなくなる。水波《みなみ》の容態が今すぐ処置が必要なほど悪化しているのか、それともまだ時間的な余裕が残されているのか。それは光宣《みのる》の行動方針を決定する要因だ。分からないまま済ませるという選択肢は無い。

光宣《みのる》は、密入国を知られるのは仕方が無いと諦めた。とにかく居場所を隠せれば良いと割り切ることにしていた。一瞬で水波《みなみ》の現状を読み取り、間髪入れず『仮装行列《パレード》』を展開して自分たちの所在を隠す。彼はそう決めていた。

「テン、ナイン、エイト、セブン……」

レイモンドに領海線越えのカウントダウンをさせているのはそのタイミングを計る為《ため》だ。秒単位の勝負になる、と光宣《みのる》は見ていた。幸い、と言って良いのか、達也《たつや》はパラサイトではない。パラサイドールに自分たちの侵入を見張らせていても、報告を受ける過程で不可避のタイムラグが発生する、はずだ。達也《たつや》が『精霊の眼《エレメンタル・サイト》』を自分たちに向ける前に『仮装行列《パレード》』を発動できれば、当面は発見されることを免《まぬが》れる。これが光宣《みのる》のプランだった。

「……スリー、ツー、ワン、ゼロ！」

レイモンドによる「ゼロ」とかけ声と共に、光宣《みのる》は一瞬だけ魔法的知覚力を全開にした。

光宣《みのる》はパールアンドハーミーズ基地でスターズのゾーイ・スピカを殺し、焼き尽くされた死体の灰の中から抜け出したパラサイトを魔法で捕らえ、支配した。

支配の鎖は水波《みなみ》が国境線を越え日本に入国したことによりいったん切れてしまったが、パラサイトを縛る魔法そのものまで消えてしまったわけではない。光宣《みのる》は隷属の印《しるし》として与えた魔法的な焼き印のシグナルをたどって、水波《みなみ》の魔法演算領域を封じているパラサイトの状態を確認した。

（杞憂《きゆう》だったか）

光宣《みのる》は心から安堵《あんど》した。水波《みなみ》に埋め込んだパラサイトは彼女と別れた時のまま、完全に不活性化したままだ。

封印状態も良好。

水波《みなみ》の容態が急変したというのは考えすぎだった。

それが分かれば無防備な状態を続けている意味は無い。光宣《みのる》はすぐに気を引き締め、予定どおり『仮装行列《パレード》』を念入りに発動した。

◇◇◇

『マスター!』

緊迫した声音のテレパシーが達也《たつや》の脳裏に響く。ある特定の場合のみシチュエーションを問わず報告するよう命じていたピクシーのテレパシーだ。

「すみません、ドクター。少し外させていただきます」

達也《たつや》は建設中の恒星炉をアメリカ技術団と見学しているところだった。技術的なレクチャーは終わっている。案内役は別にいて、達也《たつや》は単に付き添っているだけだ。

「分かりました。私たちのことはお気になさらないでください」

達也《たつや》の申し出に、アビゲイルは事情を詮索せず快く頷《うなず》いた。スターズの技術顧問をしていた彼女は、突発的な出来事に慣れているのだろう。

達也《たつや》は組立工場を出て真夏の日差しの下を歩きながら、ポケットから小型無線機を取り出しピクシーへの通話回線を開いた。

「捉えたのか？」

『西方海上にパラサイトの波動を感知しました。一瞬で見失ってしまいましたが、間違いありません』

「詳しい位置は分かるか？」

『志摩半島《しまはんとう》南東沖です』

「志摩半島《しまはんとう》か……」

六月末、レイモンド・クラークは偽造旅券を使って関西国際空港から入国した。もしかしたらあの辺りに、何らかの密入国ルートがあるのかもしれない。

また、紀伊半島《きいはんとう》を内陸に入れば光宣《みのる》の地元だ。余所者《よそもの》には分からない抜け穴もあるだろう。

（九島家《くどうけ》は当てにならないからな……）

九島家《くどうけ》は先月中旬、光宣《みのる》の逃亡を手助けしている。今回もまた光宣《みのる》の側につくかもしれない。

九島家《くどうけ》を使おうとしたら、光宣《みのる》にこちらの情報が筒抜けになってしまう可能性がある。

（二木家《ふたつぎけ》を頼るという手も無いわけではないが……）

二木家《ふたつぎけ》の本拠地は芦屋《あしや》。大阪湾《おおさかわん》、瀬戸内海《せとないかい》方面から上陸するなら、二木家《ふたつぎけ》が所在を捕捉できるかもしれない。

（……止めておくか）

そこまで考えて、達也《たつや》は思い浮かべたアイデアを自ら却下した。

光宣《みのる》が帰国した理由が達也《たつや》の考えているとおりなら、向こうから接触してくるはずだ。下手に手を出してまた富士《ふじ》の樹海のような隠れ家に引きこもられでもしたら、無駄に時間が流れてしまう。八雲《やくも》は「当面は心配要らない」と言っていたが、水波《みなみ》の容態は何時悪化するか分からない。この状況で時間の浪費は好ましくない。

「引き続きパッシブモードで監視を続けてくれ」

『かしこまりました、マスター』

達也《たつや》はピクシーに対してこう命じるに留《とど》めた。

◇　◇　◇

八月二十日、光宣《みのる》とレイモンドは神戸《こうべ》に上陸した。行き先は前回、レイモンドがレグルスと密入国した際に光宣《みのる》が二人を匿《かくま》った南京町《なんきんまち》の屋敷《やしき》だ。

「ここはもう、知られているんじゃないの？」

屋敷《やしき》の裏手に連れてこられたレイモンドが不安げに問い掛ける。

光宣《みのる》は気にした風も無く、裏口から屋敷《やしき》に入った。

以前、主人の証《あかし》を光宣《みのる》が見せたことを覚えていた使用人が恭《うやうや》しい態度で光宣《みのる》たちを迎える。

光宣《みのる》は使用人に荷物を預けて、掃除が行き届いた書斎の椅子に腰を落ち着けた。

「戦場で最も安全な場所は最後に砲弾が落ちた所らしいよ」

そして、部屋の隅に置かれている籐椅子《とういす》に身体《からだ》を預けたレイモンドに話し掛ける。

それが裏口の前で自分が示した懸念《けねん》に対する答えだと、レイモンドは十秒程経《た》って気付いた。

「存在がバレてしまった隠れ家に戻ってくるはずが無いという思い込みの裏を掻《か》く、ということかい？」

「さっきの戦場の話は当てにならないと思うけどね。ここは取《と》り敢《あ》えず大丈夫じゃないかな。張り込みをしている警官も魔法師もいなかったし、今回はここに長居するつもりは無いから」

光宣《みのる》が窓の外に顔を向ける。

彼の目は、東の空に向けられていた。

「そうとも。長居するつもりは無いんだ……」

光宣《みのる》はもう一度、今度は独り言のようにそう呟《つぶや》いた。

[7]

八月二十三日、金曜日の朝。

制服に着替えた深雪《みゆき》が自室を出ると、水波《みなみ》が珍しくダイニングテーブルの椅子に座ってボウッとしていた。

「水波《みなみ》ちゃん?」

「あっ、深雪《みゆき》さま。おはようございます」

水波《みなみ》が慌てて立ち上がろうとする。

だが彼女はその途中で、足が萎えたように力無く椅子の上に逆戻りした。

「水波《みなみ》ちゃん⁉　どうしたの⁉」

深雪《みゆき》が悲鳴を上げて走り寄る。

「あの、大丈夫です……。ただの立ちくらみですから」

もう一度立ち上がろうとする水波《みなみ》の身体《からだ》を、腋《わき》の下《した》に両腕を差し入れて深雪《みゆき》が抱きかかえる。

「無理をしないで!　取《と》り敢《あ》えず、こっちへ」

その体勢で、深雪《みゆき》は水波《みなみ》をリビングのソファに座らせた。

「メディカルコール!」

そして水波《みなみ》の身体《からだ》に手を添えた状態で、ホームオートメーションに呼び掛ける。

『こちらメディカルルーム。深雪《みゆき》様、お身体《からだ》に何か？』

その声に応えて、ビルに常駐する医療スタッフが壁面のスピーカーから問い返す。

「わたしではありません。桜井《さくらい》水波《みなみ》の身体《からだ》に異常が現れました。すぐに部屋へ来てください」

『直ちに向かいます』

医療スタッフは即座に、深雪《みゆき》の命令に従った。

◇　◇　◇

「それで、水波《みなみ》の容態は？」

『軽い貧血でした。お医者様は、夏バテではないかと』

「そうか……」

巳焼島《みやきしま》の研究室で深雪《みゆき》からの電話を受けた達也《たつや》は、それを聞いて胸を撫《な》で下《お》ろした。

『入院は必要無いそうです。今はベッドで休ませています』

「そうだな。肉体的なものだけでなく、心労もたまっているに違いない。水波《みなみ》には休息が必要だろう」

水波《みなみ》は戻ってきてからずっと働き詰めだった。その前は二週間の逃亡生活。光宣《みのる》に連れ去られた時の経緯も、大きなストレスになっていたはずだ。

ただでさえ体調を崩してもおかしくない状況だった。水波《みなみ》が魔法演算領域のオーバーヒートという爆弾を抱えていることを考えれば、もっと早く、無理にでも休ませておくべきだったかもしれない。

『今日は登校せず、このまま水波《みなみ》ちゃんの様子を見守るつもりです』

「俺もすぐにそちらへ戻る」

『えっ？　お仕事はよろしいのですか？』

「一通り、案内は終わった。後は随時、ミーティングを持つ形になる」

達也《たつや》の言葉は嘘《うそ》ではない。USNAから派遣された技術団の案内は昨日で終わっている。後は自由に見学してもらって、分からないところをミーティングで纏《まと》めて説明するだけだ。

『そうですか』

ディスプレイの中の深雪《みゆき》はホッと安堵《あんど》の表情を浮かべた。リーナが側にいるとはいえ、やはり達也《たつや》が不在では心細かったのだろう。

『お待ちしております、お兄様』

画面の中で、深雪《みゆき》が丁寧に一礼した。

◇◇◇

水波《みなみ》の不調は取り憑《つ》かせているパラサイトを通じて、神戸《こうべ》の光宣《みのる》にも伝わった。

「……光宣《みのる》、大丈夫かい？」

日が西に傾いた頃には、光宣《みのる》はすっかり憔悴《しょうすい》していた。レイモンドが心配して、こう声を掛けた程だ。

凍結状態にあるパラサイトに、意思疎通の能力は無い。ただ取り憑《つ》いている対象である水波《みなみ》の想子《サイオン》活性度がパラサイトを縛り付けている術式を通して伝わってくるだけだ。

詳しい症状は分からない。

その所為《せい》で光宣《みのる》は朝からずっと、焦《あせ》りと戦わなければならなかった。

所在を知られてしまうリスクを冒してでも、水波《みなみ》の詳しい容態を知りたいという焦《あせ》りだ。

光宣《みのる》は達也《たつや》から何時までも逃げ隠れしているつもりはない。だが、ただ殺されるのでは、あるいは捕らえられ封印されてしまうのでは、日本に戻ってきた意味が無い。殺されるのなら、水波《みなみ》の側でなければならないのだ。

「……決めたよ、レイモンド」

光宣《みのる》は顔を上げてレイモンドに笑顔を向けた。

「今夜の内に移動しよう」

その言葉を聞いて、レイモンドが目を見開いた。

「じゃあ、いよいよだね？」

「うん。明日、達也《たつや》さんに挑戦状を送る」

光宣《みのる》は固い決意を感じさせる声音で頷《うなず》いた。

◇　◇　◇

達也《たつや》が調布《ちょうふ》のビルに着いたのは昼前のことだった。エアカーで屋上のヘリポートに降りて自宅に迎え入れられた時には、水波《みなみ》は自分用の住居として割り当てられた最上階のワンルームで眠っていた。

彼女が起きてきたのは午後五時過ぎだ。

「ミナミ、もう起きて大丈夫なの？」

真っ先に声を掛けたのは、水波《みなみ》を心配して昼食の時からずっと達也《たつや》・深雪《みゆき》宅のリビングにいたリーナだった。リーナは水波《みなみ》とは別に、やはり同じビル、同じ最上階のワンルームを住居として与えられている。

「はい、大丈夫です。ご心配をお掛けしました」

水波《みなみ》はリーナに続いて達也《たつや》、深雪《みゆき》に向かって、一度ずつ深々と頭を下げた。

「水波《みなみ》ちゃん、無理はしないでね。少しでも調子が悪かったら正直に言うのよ」

「かしこまりました」

深雪《みゆき》の言葉に、水波《みなみ》がもう一度頭を下げる。

「とにかく、大事が無くてよかった」

「達也《たつや》さま。お仕事の邪魔をしてしまい、まことに申し訳ございません」

「気にしなくて良い。一日や二日で遅れが出るような仕事はしていない」

罪悪感に塗れた顔を見せる水波《みなみ》に、達也《たつや》は敢《あ》えて自信過剰な態度で応えた。

「うわっ。思い上がりに聞こえないところが何か、むかつく」

リーナが態《わざ》と憎々しげな口調で茶々を入れる。

まず深雪《みゆき》が失笑し、リーナ、水波《みなみ》へと笑い声が広がった。

◇　◇　◇

達也《たつや》が巳焼島《みやきしま》から調布《ちょうふ》に戻ったのは、第一に水波《みなみ》のことが心配だったからだが、それだけが理由では無かった。

帰宅当日は見込んでいた事態は起こらなかった。

彼の予測が的中したのは翌日夕方のことだった。

「達也《たつや》さま。メールが届いております」

「俺宛に？」

メールの着信を告げた水波《みなみ》に問い返す達也《たつや》の声に意外感は無い。むしろ何らかのコンタクトを期待していたようにも感じられる口調だ。

「はい」

「開けてくれ」

達也《たつや》の個人アドレスにではなく、家庭用のアドレスに届いたメール。

達也《たつや》はそれを自分の部屋で読むのではなく、リビングの壁面ディスプレイ上で開くよう水波《みなみ》に命じた。

暗号文が自動的にデコードされ画面に表示される。

短い平文と地図。

それをリビングに集まっていた達也《たつや》と深雪《みゆき》と水波《みなみ》が同時に見た。――なお朝昼晩と食卓を共にするリーナは、まだ自分の部屋だ。

「光宣《みのる》君⁉」

驚きの声を上げたのは深雪《みゆき》。

差出人は、光宣《みのる》だった。

水波《みなみ》は目を大きく見開き、両手で口を塞いで固まっている。

達也《たつや》だけが平然としていた。まるで、光宣《みのる》から連絡があると分かっていたかの様に。

いや、「かの様に」ではない。達也《たつや》は光宣《みのる》からの連絡を待っていたのだった。

「明日の二十二時か」

メールは一瞥《いちべつ》しただけで読み終えられる程、短い物だった。

そこには「八月二十五日二十二時、東富士《ひがしふじ》演習場でお待ちしています。九島光宣《くどうみのる》」と書かれており、添付された地図は演習場の一地点がマークされていた。

◇　◇　◇

二十四日、土曜日の夜。

光宣《みのる》とレイモンドは大胆にも、東富士《ひがしふじ》演習場内にあるホテルのツインルームにいた。忍び込んだのではない。光宣《みのる》の魔法で別人になりすまして堂々と宿泊しているのだ。ここは国防軍士官が泊まるホテルで偽装魔法対策も高いレベルでされていたが、それでも第九研から現代魔法と古式魔法の技能を、周公瑾《しゅうこうきん》から東亜大陸流古式魔法の知識を受け継いだ光宣《みのる》の偽装を見破ることはできなかったのである。

「光宣《みのる》、何でこんな危ない真似《まね》を？」

部屋に案内されるまでは、かえってそのスリルを楽しんでいたレイモンドが、部屋の鍵を閉め監視カメラや盗聴器が仕掛けられていないことを確認して一息吐《ひといきつ》いたところで、今更のように光宣《みのる》に訊《たず》ねた。

「このホテルは九校戦の時期、選手の宿泊施設に提供されていたんだ」

「へぇ……」

レイモンドは九校戦が何かを知っていた。光宣《みのる》が健康上の理由で、九校戦に出られなかったことも。

「一度、泊まってみたかったんだよ。こんな機会は、もう二度と無いだろうし」

「……そうだね。良《い》いんじゃないかな」

レイモンドは光宣《みのる》が明日、何をするつもりなのかも知っている。「二度と無い」という言葉の裏にどんな決意が隠されているのかも。

それを思えば、多少の無茶を責める気にはなれなかった。

「誰にも怪しまれなかったんだし。達也《たつや》もまさか、僕たちがこんな所に隠れているなんて思わないよ」

態《わざ》と軽く言ったレイモンドに光宣《みのる》は何も言葉を返さず、ただ儚《はかな》い笑顔で応えた。

◇　◇　◇

光宣《みのる》から送られてきた「果たし状」を、達也《たつや》は秘密にしなかった。

『……では、一人で行くつもりなの？』

光宣《みのる》から呼び出しを受けた件を報告し、手出しはしないで欲しいと告げた達也《たつや》に、真夜《まや》はそう訊《たず》ねた。

「いえ、深雪《みゆき》と水波《みなみ》を連れていくつもりです。あと、深雪《みゆき》の護衛にリーナもですね」

『リーナさんだけで大丈夫なのかしら？』

疑問を呈して見せながら、真夜《まや》はそれほど心配している風でもない。

「問題無いでしょう。光宣《みのる》にはもう、手駒はありません」

客観的な根拠は無かったが、達也《たつや》はそう断言した。

『それは、そうでしょうね』

真夜《まや》も異論は述べなかった。

『分かりました。九島《くどう》光宣《みのる》の処理については、達也《たつや》さんに一任します。ただし、今回で確実に終わらせなさい』

その代わり、真夜《まや》は強い口調で念を押した。

「承りました」

達也《たつや》は気負った素振りも無く、その命令を受諾した。

真夜《まや》との話が終わった後、達也《たつや》はすぐに次の電話を掛けた。

今度はヴィジホンではなく音声のみの通話だ。

『もしもし』

コール音が三回繰り返された後にスピーカーから流れ出す、古典的な応答文句。

「達也《たつや》です。師匠ですか？」

『うん、どうしたんだい』

電話の相手は八雲《やくも》だ。

「パラサイトの九島光宣《くどうみのる》とレイモンド・クラークが密入国しました」

『月曜日だったかな』

「ご存じでしたか」

達也《たつや》に驚きは無い。彼がピクシーを使って光宣《みのる》たちの反応を見付けたように、八雲《やくも》がパラサイトの侵入を察知する魔法的な手段を持っていても不思議ではない。むしろ八雲《やくも》にできないと思う方がおかしいだろう。

『今は気配を絶っているようだね。僕に探して欲しいのかい？』

「もしかして、既に把握済みですか？」

『いや。今のところ行方不明だよ』

「今は分からなくても、探そうと思えば探せると。さすがですね、師匠」

達也《たつや》はお世辞ではなく感嘆を漏らした。

だがすぐに、引き締まった表情を取り戻す。

「しかし今回は光宣《みのる》の居場所を教えていただく必要はありません」

そう前置きして達也《たつや》は、光宣《みのる》から受け取ったメールの内容を八雲《やくも》に打ち明けた。

『彼の挑戦を受けるつもりなんだね？　向こうから姿を見せるから、探す必要は無いということかな？』

「そうです」

『水波《みなみ》くんはどうするんだい。もしかして、連れて行くつもりなのかい？』

見透かされている。

達也《たつや》はそう感じたが、気にはならなかった。今回は何を考えているか見抜かれても警戒する必要の無いケースだった。

「連れて行って、けりを付けます」

『九島光宣《くどうみのる》を滅ぼすということかな？』

「……師匠。光宣《みのる》の件は、俺に任せてもらえませんか」

達也《たつや》は八雲《やくも》の問い掛けに答えることを避けた。

『ふーん……』

音声のみの通話だから、八雲《やくも》がどんな表情を浮かべているのかは見えていない。だが声音だけでも、達也《たつや》の真意を窺《うかが》うような顔になっているに違いないと分かった。

「師匠にも東道《とうどう》閣下にもご納得いただける結果をお約束します」

『だから今回は干渉するな、と言うんだね?』

「そうです」

『良《い》いよ』

予想に反して、八雲《やくも》の答えはすぐに返ってきた。

かえって達也《たつや》の方が、反応にタイムラグを生じさせてしまう。

「……ありがとうございます」

『でも、あの方々を納得させるのは難しいよ。東道《とうどう》閣下はご理解くださると思うけど』

「あの方々」というのは、横須賀《よこすか》から出国しようとする光宣《みのる》と水波《みなみ》を達也《たつや》が追い掛けていた最中に、障碍《しょうがい》として立ち塞がり本気で戦う羽目になった八雲《やくも》から、戦闘終了後に聞かされた達《たつ》也《や》が知らない「国家の黒幕」のことだろう。

おそらくその「黒幕」と四葉《よつば》家《け》のスポンサーは同一の存在。達也《たつや》はそう考えている。八雲《やくも》に「この国で二番目くらい」と言わせた権力を別にしても、その意向を無視するのが難しい相手だ。

それでも達也《たつや》は、自分が思い描いた結末を変えるつもりは無かった。

「大丈夫です。任せてください」

ここで大言壮語を吐くことに、躊躇《ためら》いは無かった。

◇◇◇

「明晩でございますか。いきなりである感は否《いな》めませんな」

真夜《まや》は斜め上から聞こえてきた声に顔を上げた。

その視線を勘違いしたのか、葉山《はやま》は真夜《まや》の前に置かれたティーカップの中身を捨て、新しい一杯を注いだ。

「反対しないのですね」

「達也《たつや》様が九島光宣《くどうみのる》との戦いにお一人で臨まれようとしていることに、でございますか？」

「深雪《みゆき》さんとリーナさんも連れて行くようだけど」

「達也《たつや》様が深雪《みゆき》様方のご助勢をお許しになることはないでしょう。奥様もそうお考えなのでは？」

葉山《はやま》の反問に、真夜《まや》はあっさり「ええ」と頷《うなず》いた。

かしら？」

「達也《たつや》さんが九島光宣《くどうみのる》に後れを取ることはあり得ないのだけど、また逃げられてはしまわない

素直になったついでに、真夜《まや》は自分が懐《いだ》いている懸念《けねん》を問い掛けの形で葉山《はやま》に打ち明ける。

「達也《たつや》様もその点は十分に警戒されているのではないかと存じます。深雪《みゆき》様をお連れになるのは、あるいはその対策かもしれません」

「……葉山《はやま》さん」

真夜《まや》が次の言葉を発するまでに、短くない間があった。

「はい、何でございましょうか」

「万が一パラサイトに逃げられでもしたら、元老院の心証は最悪でしょうね」

「ご機嫌を直していただくまで、多大な時間と労力を費やさなければならないでしょう」

真夜《まや》が口にした『元老院』は明治初期、帝国議会開設前に存在した立法機関のことではない。無論その後継機関ではないし、憲法外機関だった『元老』とも無関係だ。

四葉家《よつばけ》のスポンサーとなり、四葉家《よつばけ》に凶悪犯罪を犯した魔法師、凶悪犯罪を目論《もくろ》む魔法師を捕らえ、処分させてきた非公式の秘密組織。それが『元老院』であり、東道青波《とうどうあおば》もその一員だ。

四葉家《よつばけ》は師族会議を、実のところ眼中に入れていない。魔法協会が何を言おうと、意に介さない。日本政府は四葉家《よつばけ》に口出しするどころか、逆に恐れている。

四葉家《よつばけ》が気に掛けているのは、影響されることを受け容《い》れているのは、元老院だけだった。

「私たちの役目は魔の闇に落ちた人間を処理することで、人間ではない魔物は守備範囲外なのだけど」

「パラサイトは人間が変異した魔物ですので、四葉家《よつばけ》の守備範囲に含まれます」

「葉山《はやま》支配人、それは元老院のエージェントとしてのご意見かしら？」

真夜《まや》が葉山《はやま》に、鋭い視線を向ける。

他の使用人がいる前では、決して葉山《はやま》に向けない種類の視線だ。

葉山《はやま》が四葉家《よつばけ》を監視する目的で元老院から派遣されたエージェントだということは、四葉家《よつばけ》の中でも当主だけが知り得る秘密だった。

「滅相もございません。奥様の執事としての言葉でございます」

もっとも葉山《はやま》自身は、長年苦楽をともにした結果、今や元老院エージェントとしての自分より真夜《まや》の執事である自分に重きを置いている。葉山《はやま》が変わることの無い恭《うやうや》しい態度で真夜《まや》に告げた答えは、彼の本心だった。

「そう……」

真夜《まや》の視線が和らぐ。

「では四葉家《よつばけ》の筆頭執事としての意見を聞かせて。明日、私たちは動くべきかしら？　それとも動かずにいるべきかしら？」

「そうでございますね。達也《たつや》様の邪魔にならぬよう、遠巻きに囲むのがよろしいかと」

「伏兵包囲ね……。良《い》いわ、そうしましょう。葉山《はやま》さん、手配をお願いできる」

「分家の皆様には？」

「夕歌《ゆうか》さんにだけ、声を掛けてください」

真夜《まや》は迷わず、津久葉《つくば》家以外には手を出させないように命じた。

「かしこまりました」

葉山《はやま》は一礼して、主の命を果たすべく真夜《まや》の書斎を後にした。

［8］

八月二十五日、日曜日の夜。

光宣《みのる》が達也《たつや》を呼び出した先は、去年まで九校戦のモノリス・コード草原ステージとして使われていた場所であり、もうすぐ実施される交流戦でも試合会場となる予定地だった。

既に整地は終わっている。今年の交流戦では観戦席を建設する予定はないので、あとはモノリスを据え付けるだけで試合が可能な状態だ。

今日は日曜日ということで、会場の設営作業は行われていない。しかも時刻はもうすぐ午後十時。辺りに人影は全く無かった。

とはいえここは国防軍の演習場敷地内《しきちない》だ。侵入防止柵もあれば監視装置も設置されている。警衛隊も定期的に巡回している。そう簡単に立ち入れる場所ではない、はずだった。

ところが達也《たつや》の運転する自走車は演習場のゲートでＩＤの提示を求められもせず、ほぼ顔パスで通過できただけでなく、駐車場から招待された草原まで一度も巡回の兵士に会わなかった。

「ねえ、幾ら何でも変じゃない？」

気味悪げに漏らしたリーナのセリフを受けて、

「お兄様、これは……」

深雪《みゆき》が険しい表情で達也《たつや》に話し掛けた。

「ああ、光宣《みのる》の仕業だろうな」

リーナが驚愕《きょうがく》を露《あら》わにして達也《たつや》の顔を凝視する。

「精神干渉系魔法で操ってるってこと!?　こんなに広い範囲を!?」

「光宣《みのる》の中にいる周公瑾《しゅうこうきん》は方向感覚を狂わせる鬼門遁甲《きもんとんこう》という東亜大陸流古式魔法を得意にしていた。特定の誰かではなく、自分に意識を向けた不特定の相手の方向感覚を狂わせてしまう魔法だ。おそらくその応用で、警備の兵士が俺たちに出会わないようにしているんだろう」

「不特定の相手って、そんなことができるの!?」

「君のパレードだってそうじゃないか。情報体偽装の効果は相手を限定せずに及ぶ」

「それは、そうだけど……。じゃあゲートは!?　ゲートの歩哨《ほしょう》は私たちのことを認識していたわよ？」

「あれはまた別の魔法だろう。俺たちを中に通すことに疑問を持たない、といった類いの暗示が掛けられていたんじゃないか。せっかく準備してきた許可証が無駄になってしまったな」

達也《たつや》は演習場に隣接する基地内へ合法的に入る許可証を用意していた。しかしそれは、結果的には不要となった。……まあ達也《たつや》にすれば、半日で手に入れた物だからそれほど残念でもなかったが。

それ以上訊《き》きたいことは、リーナには無いようだった。四人は沈黙のまま、招待状、あるいは果たし状に指定された場所で足を止めた。

待つ必要はほとんど無かった。

達也《たつや》たちが歩いてきたのとは反対方向、闇の向こう側から光宣《みのる》とレイモンドが姿を現す。

およそ五メートル。話をするには少々遠い距離で足を止めた光宣《みのる》の視線が一秒間足らずの短い時間、達也《たつや》の左斜め後ろに立つ三人の内、水波《みなみ》の上で固定された。だが光宣《みのる》はすぐに、達也《たつや》へ目を向け直した。

「達也《たつや》さん。昨日の今日にも拘《かか》わらず、来てくださって嬉《うれ》しく思います」

「来ないという選択肢は無かった。俺も光宣《みのる》に用があったからな」

達也《たつや》が振り返り、水波《みなみ》を一瞥《いちべつ》する。

態《わざ》とだろうが、分《わ》かり易《やす》い視線の動きだった。

「何の用だか、当然分かっていると思う」

「ええ、分かります。水波《みなみ》さんの魔法演算領域を封じているパラサイトを取り除け、と仰《おつしや》りたいんでしょう?」

「そうだ。光宣《みのる》、お前は水波《みなみ》が自分の意思で受《う》け容《い》れない限り、パラサイトにはしないと言っていたな」

達也《たつや》の糾弾に、光宣《みのる》は妖しく微笑《ほほえ》んだ。

「水波《みなみ》さんのオーバーヒートを防いでいるパラサイトは完全な休眠状態にあります。僕が命じない限り、水波《みなみ》さんがパラサイト化することはありません」

備えていた。

「お前の自制心を信じろと言うのか？」

光宣《みのる》の笑みが妖しさを増す。夜の闇が似合うその笑みは、思わず魅入られてしまう美しさを備えていた。

それは、完全に人外の美だった。

「信じられないでしょうね。正直に言って、自分でも百パーセントは信じられません」

「光宣《みのる》、お前……」

「達也《たつや》さんには分からないでしょう。愛する人と共に生きていくことを許された貴方《あなた》には」

「光宣《みのる》君、貴方《あなた》……」

深雪《みゆき》が哀《かな》しげな呟《つぶや》きを漏らす。

「達也《たつや》さんの人生が順風満帆だったなんて、思ってはいません。一年の四分の一を病床で過ごし、残りの四分の三も危険なことなどさせてもらえなかった僕には想像もできない陰惨な経験だってしてきたんだと思います。そうでなければ、あんな風に世界と戦おうなんて思えないでしょうから」

光宣《みのる》の顔から笑みが消え、言葉にできない何かを呑《の》み込《こ》んだような表情がその美貌を過る。

「でも達也《たつや》さんは一人じゃない。過去のことは知りませんが、現在と未来は、一人じゃない」

「……だからお前も、一人は嫌だと？」

達也《たつや》の問い掛けに、光宣《みのる》は頭《かぶり》を振った。

「分かっているんです。僕は、一人じゃなかった。今だって、死ぬかもしれないリスクを冒して付き合ってくれる仲間がいる。一人だけですけど」

光宣《みのる》が自嘲の笑い声を漏らした。

「こうなってしまったのは誰の所為《せい》でもない。僕自身の選択の結果です。僕はそれが間違っていたとは思わない。パラサイトになったのはベストではなかったかもしれないけど、正しい選択だったと今でも思っています」

その「正しい選択」が祖父殺しという悲惨な結果を招いた、とは、達也《たつや》は指摘しなかった。

「愚かな正しさだ」

ただ冷淡な声でそう断じた。

「達也《たつや》さんから見ればそうでしょうね。貴方《あなた》は強い人だ。愚かさにすがらなければならない弱さを理解はできても、共感なんてできないでしょう」

それは違う、と達也《たつや》は思った。

――自分は弱さを、許されなかっただけだ。

だが思っただけで口にはしない。それは多分、この場で口にすべきことではなかった。

「そして僕は弱いから、自分の本心を抑え続けていられる自信が無い。彼女と一緒にいたい、彼女を自分と同じにしたいという欲に耐え続けられるかどうか、自分でも分からない」

「弱ければ、許されるとでも思っているのか？」

厳しい声で達也《たつや》が問う。

「弱さが免罪符になるなんて思っていません」

光宣《みのる》は弱々しく、首を左右に振った。

「僕はただ、事実を告白しているだけです」

「ならばなおのこと。今すぐ、水波《みなみ》に取り憑《つ》かせているパラサイトを取り除け」

「取り除いた後、どうするんです？　冬眠パラサイトの蓋が無くなれば、水波《みなみ》さんはまた『魔法演算領域のオーバーヒート』のリスクに曝《さら》されることになりますよ」

光宣《みのる》は、ややシニカルな口調で問い掛け、この上なく真摯な眼差《まなざ》しを達也《たつや》に向ける。

「治療はできなくても悪化は止められる。そして必ず、手遅れにならない内に、治療法を開発する」

達也《たつや》は「必ず」ときっぱり答え、光宣《みのる》の視線を揺るぎなく受け止めた。

「そうですか」

予想以上に強気な達也《たつや》の答えを聞いて、光宣《みのる》は能面のような表情で呟《つぶや》いた。

そしてその直後、彼の顔に妖しい笑みが戻る。

「その為《ため》には二つの方法があります。一つ目は言うまでも無く、僕がパラサイトに水波《みなみ》さんの中から出ていくよう命じること。瞬間的にパラサイトの休眠が解除されますが、僕の支配下にあるので水波《みなみ》さんが侵食されることはありません」

光宣《みのる》がそのつもりなら、態々《わざわざ》説明する前に水波《みなみ》からパラサイトを取り除いているだろう。つまり、この一つ目の方法を採るつもりは無いということだ。

「そして二つ目は、僕を殺すことです。この場合パラサイトは解放されてしまいますが、強制休眠で弱っていますので水波《みなみ》さんが侵食を受ける可能性はほとんどありません。感覚的な数字で申し訳ないのですが、侵食が始まる確率は十パーセントも無いでしょう。せいぜい五パーセントというところではないでしょうか」

自分を殺せば望みが叶《かな》う。つまり、自分を殺せと光宣《みのる》は言っているのだが、とてもそうは思えない、穏やかな語り口だ。

「タツヤ、チョッと」

それまで黙って達也《たつや》と光宣《みのる》の対決を見守っていたリーナが、達也《たつや》の袖を小さく二度、引っ張る。達也《たつや》が顔を動かさずリーナへ目を向けた。

「信じられないわ。罠《わな》じゃないの、ミナミをパラサイトに変える為《ため》の」

小声で囁《ささや》き掛けるリーナ。

「嘘《うそ》ではないだろう。水波《みなみ》がパラサイトになっても自分が死んでしまえば、光宣《みのる》にとっては意味が無い」

達也《たつや》は光宣《みのる》にも聞こえる声でリーナに答える。

その言葉を耳にした光宣《みのる》が、一瞬表情を歪《ゆが》めた。

だがすぐに、端整なたたずまいを取り戻す。

「というわけです。達也《たつや》さん、始めましょうか」


「——殺し合いを」


直後に発生する破裂音。

達也《たつや》のすぐ前で電光が弾《はじ》ける。

火花は雷撃に成長することなく消《き》え失《う》せた。

光宣《みのる》の『スパーク』と達也《たつや》の『術式解散《グラム・ディスパージョン》』だ。

「三人とも、下がれ！　リーナ、深雪《みゆき》と水波《みなみ》を頼む」

「はい！」

達也《たつや》の指示に、深雪《みゆき》が水波《みなみ》の手を引っ張って後ろに下がり、

「任せて！」

リーナが深雪《みゆき》と水波《みなみ》の前に立つ。

一方、光宣《みのる》とレイモンドの間に言葉の遣《や》り取《と》りはなかった。

光宣《みのる》が魔法を放つと同時に、レイモンドは邪魔にならない距離まで跳び退《すさ》っていた。

光宣《みのる》の全身から想子光《サイオンこう》が放たれる。魔法の扱いに長《た》けた光宣《みのる》が余剰想子光《サイオンこう》を漏らす程の、高

出力の魔法が行使された兆候だ。

しかし、何も起こらなかった。

良く見れば、達也《たつや》の周りで微《かす》かに想子光《サイオンこう》が舞っている。空気中の想子《サイオン》が、達也《たつや》の身体《からだ》から五十センチの境界面で撥《は》ね返っている。撥《は》ね返っているということは、想子《サイオン》に作用する魔法的な力場が達也《たつや》の周囲に展開されているということだ。

しかしそこに、魔法式のような情報構造は無かった。それは『精霊の眼《エレメンタル・サイト》』でなくても、情報体の存在を認識する魔法師の知覚力を持つ者には明らかな事実だ。

「完全に均質な高密度の想子層《サイオンレイヤー》ですって……？」

リーナが思わず口にしたものが、達也《たつや》の身体《からだ》を包み込んでいた。

「しかも、一滴の想子《サイオン》も漏らしていない。これが想子《サイオン》の鎧《よろい》、接触型術式解体《グラム・デモリッション》の完成形なのですね、お兄様……」

深雪《みゆき》が畏怖と陶酔の入り交じった呟《つぶや》きを零《こぼ》す。それは単に構造を持たない、混沌《こんとん》を装甲とする接触型術式解体《グラム・デモリッション》と違って、体質任せの力業ではなく、高度な技術によって生み出された対魔法防御だった。

「直接攻撃は効果無しか……」

思わず光宣《みのる》が呟《つぶや》きを漏らす。自分が思考を声に出していると、彼は意識していない。それだけ達也《たつや》の接触型術式解体《グラム・デモリッション》にショックを受けたのだろう。

達也《たつや》がこの技術を実戦で使ったのは七月中旬、八雲《やくも》と対決した時が初めてだ。光宣《みのる》にとっては初見の対抗魔法。『分解』と『再成』に特化している特性上、達也《たつや》は魔法防御に弱点を持っていた。特に至近距離から作用する魔法に対する防御に難があった。光宣《みのる》は当然、そこが達也《たつや》の攻略ポイントだと考えていたはずだ。

今、光宣《みのる》が放った魔法は『人体発火』。『生体発火』と良く似ているが別の魔法だ。「電子を奪う」という意味で酸化現象を引き起こす点は同じ。だが『生体発火』が酸素との急速な化合により組織を破壊するのに対し、『人体発火』は分子間結合に用いられている電子を奪い取ることにより分子レベルで細胞を崩壊させる魔法だ。難易度も威力も『人体発火』の方が勝っているが、相手の肉体を直接魔法で攻撃するという点では同じ。この戦いで重要な点は、まさにそこだ。

肉体に直接作用するのだから、途中で魔法を無効化されてもダメージは加わる。パラサイトとなった光宣《みのる》の魔法発動速度は達也《たつや》に匹敵するから、相手の魔法式を認識してから魔法を組み上げるという『術式解散《グラム・ディスパージョン》』のシステム上、達也《たつや》は光宣《みのる》の『人体発火』を完全に防ぎ続けることはできない。光宣《みのる》が『人体発火』を使えば、達也《たつや》は自分が防ぎ切ることができなくなる前に勝負を決めようとするだろう。その焦《あせ》りを引き出すことが、光宣《みのる》の狙い目だった。

しかし接触型術式解体《グラム・デモリッション》であらかじめ防御を固められては、この計算は成り立たない。今の攻防は逆に、光宣《みのる》に焦《あせ》りを生じさせた。

達也《たつや》が光宣《みのる》に向かって突進する。

光宣《みのる》は『跳躍』で後退しながら多彩な魔法攻撃を繰り出した。

しかし肉体に直接干渉する魔法だけでなく電撃や熱、冷気、圧縮空気などの改変された物理現象によって攻撃する魔法も、発動地点が達也《たつや》の身体《からだ》から五十センチ以内の場合、高密度の想子《サイオン》に阻《はば》まれて未発に終わる。

だからといって五十センチ以上離れた地点から打ち込む魔法は全て躱《かわ》されてしまう。五十センチという短い間合いが、達也《たつや》にとっては十分な安全距離となっているのだ。

それではとばかり躱《かわ》されてもダメージを与えられる大威力の魔法を放とうとすると、魔法式を投射する前から気配で覚《さと》られてしまうのか、『術式解散《グラム・ディスパージョン》』で無効化されてしまう。

強くなっている――光宣《みのる》はそう思った。

水波《みなみ》が入院していた病院での直接対決から、まだ二ヶ月余りしか経《た》っていないのに、達也《たつや》の戦闘力は一段階、いや、一次元レベルアップしている。あの時は互角だったのに、今は明らかに上を行かれている。

この短い攻防で、光宣《みのる》はそう実感した。

このままではじり貧だ。光宣《みのる》はそう考えた。

(これでは、為《な》す術《すべ》も無く負けてしまう)

(何故《なぜ》こんなに差がついたんだ)

心に湧き上がる疑問。

(……逃げ回っていた僕と、強敵相手に戦い続けていた達也《たつや》さんの差か?)

そして自問の形の自答。

(このままだと達也《たつや》さんは、僕を殺す必要さえ認めないだろう)

光宣《みのる》は奥歯を嚙《か》み締《し》めて口惜《くや》しさを堪えた。

(それでは駄目だ)

(せめて一矢《いっし》報いないと)

達也《たつや》は魔法を使っていない。素の身体能力だけで光宣《みのる》を追い掛けている。にも拘《かか》わらず達也《たつや》は、魔法で後退している光宣《みのる》のすぐ側《そば》まで迫っていた。

足を草原に降ろした光宣《みのる》は『跳躍』の連続発動をストップした。

そして『跳躍』に割いていた魔法力を含めて、力を別の魔法に集中した。

光宣《みのる》が足を止めた直後、達也《たつや》もまた足を止めた。

間合いを保つ為《ため》ではない。そもそも達也《たつや》が光宣《みのる》に向かって突進していたのは接近戦に持ち込む為《ため》だ。

（跳躍の連続発動を止めたか。気付いたようだな）

光宣《みのる》は戦闘が始まった直後から『仮装行列《パレード》』と『鬼門遁甲《きもんとんこう》』を使って自分の実体を隠していた。二つの偽装魔法により、達也《たつや》は光宣《みのる》の正確な位置を摑《つか》めずにいる。

彼が追い掛けていたのは光宣《みのる》本人ではなかった。光宣《みのる》が逃走に使った魔法の気配を追い掛けていたのだ。達也《たつや》が手掛かりとしたのは余剰想子光《サイオンこう》ではない。そういう魔法的な産物は『仮装行列《パレード》』の対象になっている。彼が捉えていたのは魔法によって生み出される、世界の局所的な歪《ゆが》みだ。事象改変を引き起こす魔法そのものを感知したのではなく、魔法が作用した結果と、それを復元する世界の法則の働きだった。

達也《たつや》もまだ、世界そのものの法則を知覚するレベルには達していない。漠然とした気配を感じ取るのが精一杯だ。しかしそれでも、世界が復元されていく軌跡を追うだけなら十分だった。

光宣《みのる》が『跳躍』を止めたのは、達也《たつや》が何をしているのか見抜いたからではない。その点を達《たつ》也《や》は誤解していた。だが結果は同じ。彼は光宣《みのる》の正確な位置を見失ってしまった。

『仮装行列《パレード》』と『鬼門遁甲《きもんとんこう》』、この二つの偽装魔法は依然、達也《たつや》に対して有効だ。

『鬼門遁甲《きもんとんこう》』だけなら、『術式解散《グラム・ディスパージョン》』で無効化できる。

しかし光宣《みのる》の『仮装行列《パレード》』は情報次元における魔法式の座標すら偽装し、『術式解散《グラム・ディスパージョン》』の照準を許さない。

とはいえ、全く打つ手が無いわけではない。

光宣《みのる》はアンジー・シリウスを演じている時のリーナと違って、姿は変えていない。居場所さえ特定できれば、急所の位置も分かる。『仮装行列《パレード》』や『鬼門遁甲《きもんとんこう》』を破る必要は無い。何処《どこ》にいるのかさえ分かれば良い。ならば、八雲《やくも》と戦った時の手が使える。

過去から現在を追跡する。偽られた情報を過去へ遡及《そきゅう》し、偽られていない過去から偽られていない現在の情報を得る。

魔法師として光宣《みのる》に勝つ必要は無い。『仮装行列《パレード》』を、『鬼門遁甲《きもんとんこう》』を破れなくても、光宣《みのる》を殺せれば良い。

達也《たつや》の狙いは光宣《みのる》の、心臓の破壊。その為《ため》に、心臓がある胸の中央に触れるだけで良《い》いのだ。

しかし光宣《みのる》も、達也《たつや》に攻撃されるのをじっと待ってはいない。

光宣《みのる》の虚像、その手許《てもと》へ急速に事象干渉力が集められていく。

普通であれば、強力な魔法が放たれる前兆だ。

達也《たつや》は、魔法が放たれる前に魔法式を消し去ろうとした。

しかしそこに、魔法式は無かった。

（——領域干渉か！）

一定の空間を事象干渉力で充《み》たして他者の魔法を阻害する対抗魔法『領域干渉』。光宣《みのる》が自分の虚像の手許《てもと》に造り出したのは局所的な『領域干渉』だった。

目的は、達也《たつや》の「眼《め》」を逸《そ》らす為《ため》。

(――良し!)

光宣《みのる》は、達也《たつや》の「視線」が虚像の手許《てもと》に集中したのを感じた。

その瞬間光宣《みのる》は、手にしていた魔法の発動媒体を投げた。

空中の黒い札、令牌《れいはい》から電光を纏《まと》った獣が飛び出す。周公瑾《しゅうこうきん》が得意としていた化成体の獣による攻撃魔法『影獣《えいじゅう》』に電撃魔法を被《かぶ》せたアレンジ版だ。黒尽《くろず》くめの影の獣『影獣《えいじゅう》』ならぬ雷を纏《まと》う獣『雷獣《らいじゅう》』とでも呼ぶべきだろうか。

光宣《みのる》と達也《たつや》を隔てる間合いはわずか十五メートル。『雷獣《らいじゅう》』はその距離を一瞬で駆け抜けた。

――それでも達也《たつや》には届かない。後一メートルというところで『雷獣《らいじゅう》』は『術式解散《グラム・ディスパージョン》』によって消し去られる。

(それも計算の上だ!)

光宣《みのる》は間髪入れず、待機させていた魔法を発動した。

自分の中に魔法をストックしておく容量。これは光宣《みのる》が明白に達也《たつや》を上回っているアドバンテージだ。この時、魔法の発動地点、つまり光宣《みのる》の所在はむき出しになっていたが、達也《たつや》にリ、ア、ル、タ、イ、ムでこの隙を突く余裕は無かった。

雷光が光宣《みのる》の手許《てもと》から達也《たつや》に向かって伸びる。

それは魔法によって誘導されているのでも収束されているのでもない、物理現象として具象化した空中放電だった。

目に見えている光宣《みのる》の左、一メートル。化成体の獣が出現した地点のすぐ後ろに放電魔法の発動を捉えた瞬間、ではなくその一瞬後。達也《たつや》は全力で地面を蹴って身体《からだ》を左に投じた。

草の上に転がる達也《たつや》のすぐ右に枝分かれした雷光が落ちる。

まさにギリギリのタイミングだ。

回避が一瞬遅れたのは、発動後の雷撃魔法を『術式解散《グラム・ディスパージョン》』で無力化しようとしてそれが不可能だと認識するまでにそれだけの時間を要したからだ。

単に放電を産み出しただけでは、空中で拡散してしまう。通常であれば雷撃が標的に命中するまで、魔法で拡散しないように収束して誘導しなければならない。この収束・誘導のプロセスを担《にな》う魔法式を分解すれば、放電プロセスが発動済みの雷撃魔法であっても無効化できる。

だが光宣《みのる》が放った雷撃には、収束・誘導のプロセスが含まれていなかった。

雷撃は魔法による収束も誘導も無しに、一つの束になって達也《たつや》へと突き進んだ。

軌道が魔法によって管理されているのでなければ、『術式解散《グラム・ディスパージョン》』を撃っても無力化できない。

いや、『術式解散《グラム・ディスパージョン》』で分解する魔法式がもう無いのだ。収束状態を解消して拡散させる為《ため》には『術式解散《グラム・ディスパージョン》』ではなく『雲散霧消《ミスト・ディスパージョン》』を使わなければならなかったのだが、魔法を切り替えている余裕は無かった。その結果が、身体能力頼りの回避だった。

(化成体の魔法は仕込みだったのか)

立ち上がりながら、達也《たつや》は光宣《みのる》が使ったトリックを推理する。

電撃を纏《まと》った化成体の獣は、達也《たつや》を倒す為《ため》のものではなかった。途中で破られることを見越した、次の雷撃魔法への布石だったのだ。

雷獣《らいじゅう》は高電圧を帯びていた。獣の姿は非実在の虚像だが、その表面に纏《まと》っていた電気は実在のエネルギーだ。雷獣《らいじゅう》が走り抜ければ、その通り道の空気はイオン化される。

つまりそこに、電流の通り道ができる。光宣《みのる》が放った雷撃は、このイオン化された空気の層に導かれていたのだ。

だから雷獣《らいじゅう》が分解された一メートル手前で、雷撃は急激に拡散した。達也《たつや》が回避した先に落ちた小さな雷は、枝分かれした雷撃の一筋だった。

(危ないところだったが……捉《つか》まえたぞ)

今の雷撃は間違いなく、光宣《みのる》自身の手許《てもと》から放たれた。

達也《たつや》の『精霊の眼《エレメンタル・サイト》』は時間経過と共に積み重ねられていく情報を読み取る。その「眼《め》」は雷撃魔法が放たれた瞬間から、光宣《みのる》をロックし続けている。

達也《たつや》は時間の積み重ねの中で、光宣《みのる》が移動する軌跡を追い続けていた。

（躱《かわ》された⁉　いや、通用しなかったわけじゃない）

今の雷撃を、達也《たつや》は身体能力で躱《かわ》さなければならなかった。それも余裕を持って見切ったという感じではない。かなりの部分、偶然に頼った回避だった。

何より確実に言えるのは、対抗魔法で無効化しなかった。おそらく、できなかったのだ。今の一撃は、間違いなく達也《たつや》を追い詰めた。

（この戦術は間違っていない。さらに追い詰めて、達也《たつや》さんを焦《あせ》らせるんだ）

余裕が無くなれば、達也《たつや》も光宣《みのる》を生け捕りにしようなどとは考えないだろう。そこまで達也《たつや》を追い込まなければ、光宣《みのる》の勝機は生まれない。

彼は追加の令牌《れいはい》を腰のポーチから取り出した。太平洋を横断する船の中では、令牌《れいはい》を十枚以上作成した。上陸してからここまで来るのに何枚か消費したが、まだポーチの中には今取り出した分を除いても五枚残っている。

これだけあれば、達也《たつや》から余裕を奪えるはずだ。

光宣《みのる》はそう考えた。と言うより、自分に言い聞かせた。

有利な戦況のはずであるにも拘《かか》わらず心の奥底から頭をもたげる不安を強引にねじ伏せ、光《み》宣《のる》は二匹目の『雷獣《らいじゅう》』を解き放った。

解き放とうとした。

しかし――。

その魔法は、不発に終わる。

（魔法を破壊された⁉）

光宣《みのる》が失敗したのではない。

周公瑾《しゅうこうきん》より受け継いだ崑崙方院《こんろんほういん》製の魔法は、確かに発動した手応えがあった。

それに、時間も設備も不十分な船上で作った使い捨ての令牌《れいはい》は空になっている。

（術式解散《グラム・ディスパージョン》⁉）

光宣《みのる》は慌てて、魔法的な「眼《め》」で自分の身体《からだ》を見下ろした。

（仮装行列《パレード》は維持されているのに、何故《なぜ》⁉）

魔法が発動した直後なら『仮装行列《パレード》』で偽装している自分の居場所を見抜かれるのも分かる。

『雷獣《らいじゅう》』で電流の通り道を作るというコンビネーションの構造上、『雷獣《らいじゅう》』は自分の正面から放たなければならないし、雷撃魔法は自分の手許《てもと》から撃ち出さなければならない。

化成体の出現地点や雷撃の発射点を見れば、そこに光宣《みのる》がいると推測できる。

だが今、化成体を形成しようとしていた魔法式がかき消された。

想子《サイオン》の砲弾を浴びたわけでも想子《サイオン》の激流に曝《さら》されたわけでもない。

令牌《れいはい》の上に出力されていた魔法式を、直接破壊されたのだ。

光宣《みのる》の知識にある魔法技術の中でこんな真似《まね》ができるのは『術式解散《グラム・ディスパージョン》』のみ。

そして光宣《みのる》の知る限り、実戦で『術式解散《グラム・ディスパージョン》』を使えるのは達也《たつや》だけだ。

（でも術式解散《グラム・ディスパージョン》は魔法式の正確な座標が分からない限り撃てないはず）

（まさか、仮装行列《パレード》を破壊せずに無効化している？）

光宣《みのる》はまだ、自分の『精霊の眼《エレメンタル・サイト》』と達也《たつや》の『精霊の眼《エレメンタル・サイト》』の違いを知らない。過去の位置情報から現在の座標を割り出されているとは、光宣《みのる》には想像もつかないことだった。

立ち止まっていた達也《たつや》が、再び光宣《みのる》に向かって走り出す。

光宣《みのる》は焦《あせ》りを抱えながら、達也《たつや》に照準を絞って『鬼門遁甲《きもんとんこう》』をかけ直した。

『鬼門遁甲《きもんとんこう》』は本来受動的な魔法だ。魔法的なマルウェアと言い換えても良い。見る、聞く、探る、調べる。意識と知覚を向けるということは、その先にある対象の情報を自分の中に取り込むということだ。『鬼門遁甲《きもんとんこう》』は魔法のシステム的に言えば、自分が反射している光＝視覚的な情報と自分が放っている音＝聴覚的な情報、それぞれのエイドスに方位を誤認させる魔法式を付加して、自分を見た者、自分が発する音を聞いた者の意識にその魔法式を感染させる魔法だ。肉眼かカメラか、直接聞いた音かマイクで拾った音かは問わない。視覚情報、聴覚情報を取り込んだ者の意識に干渉する。

このシステムの性質上、『鬼門遁甲《きもんとんこう》』は誰かを狙って能動的に仕掛けることは想定されていない。達也《たつや》を狙って『鬼門遁甲《きもんとんこう》』を放つような真似《まね》ができるのは、光宣《みのる》の魔法センスがパラサイト化した今でも卓越しているからだった。

しかしそのセンス故に、光宣《みのる》は衝撃的な事実に気付いてしまう。

今の達也《たつや》には、物理現象に働き掛ける魔法だけでなく、精神に働き掛ける能動的な系統外魔法も効かない。『鬼門遁甲《きもんとんこう》』が効いていたのは、あくまでも受動的な魔法だからだった。

普段から達也《たつや》が系統外魔法を受け付けないということではないだろう。しかし今、達也《たつや》が全身を包む形で纏《まと》っている想子《サイオン》の鎧《よろい》は、物質次元だけでなく情報次元にも濃密・均等に展開されている。

想子《サイオン》は情報を媒介する非物質粒子。物質次元に囚《とら》われないのは当たり前だし、物質次元において「想子《サイオン》に包まれている」という情報が情報次元でも再現されるのは、情報を媒介する粒子として当然とも言える。

しかしその再現された想子層《サイオンレイヤー》が、情報次元を通じて精神に作用する系統外魔法まで遮断しているとは、光宣《みのる》には予測できなかった。おそらく達也《たつや》にとっても、能動的系統外魔法遮断の効果は予期せぬ副産物だったに違いない。

今の達也《たつや》には、自分から取り込んだ情報を通じて作用する通常の、受動的な『鬼門遁甲《きもんとんこう》』しか通用しない。だがそれも『術式解散《グラム・ディスパージョン》』で無効化されてしまう可能性が高い。

視覚情報、聴覚情報をフィルタリングして認識することが『精霊の眼《エレメンタル・サイト》』には可能だ。『鬼門遁甲《きもんとんこう》』は見続けること、聞き続けることで継続的に作用する魔法で、一回の持続時間は極短い。いったん視覚、聴覚を遮断すれば、『鬼門遁甲《きもんとんこう》』の魔法式を認識するのは難しくない。

光宣《みのる》は『鬼門遁甲《きもんとんこう》』が当てにできないことを理解した。達也《たつや》がこの攻略法を知っているかどうかは分からない。もしかしたら、まだ気付いていないかもしれない。しかし分かってしまった以上、光宣《みのる》は『鬼門遁甲《きもんとんこう》』に頼る気にはなれなくなっていた。

光宣《みのる》は『仮装行列《パレード》』を更新し、続けて『疑似瞬間移動』を発動した。

自分の虚像をその場に残したまま、光宣《みのる》の身体《からだ》は達也《たつや》の斜め後ろ五メートルの位置へ瞬時に移動する。

移動が完了した直後、タイムラグ無しで放出系魔法『青天霹靂《クラウドレス・サンダー》』を放つつもりで、魔法式構築の準備をした上での『疑似瞬間移動』だった。

『青天霹靂《クラウドレス・サンダー》』は空気をプラズマ化し、そこから抜き出した電子シャワーを攻撃対象に浴びせる魔法だ。負に帯電した攻撃対象は次に、取り残されていた陽イオンの奔流に曝《さら》されるという二段構えの攻撃になる。

魔法の発動地点は地上三百三十三センチ。東亜大陸尺で一丈だ。

達也《たつや》の身長は百八十二センチ。彼が纏《まと》っている『接触型術式解体《グラム・デモリッツシヨン》』の及ぶ高さはプラス五十センチで地上二百三十二センチ。『青天霹靂《クラウドレス・サンダー》』は対抗魔法に阻《はば》まれることなく、達也《たつや》を狙撃できるはず——だった。

しかし、『疑似瞬間移動』が完了し光宣《みのる》が振り向いた時には既に、達也《たつや》が光宣《みのる》へと迫っていた。

達也《たつや》は『鬼門遁甲《きもんとんこう》』の効果が消え失《き　う》せたのを即座に感知した。

(鬼門遁甲《きもんとんこう》を中止した？)

消えたのは効果だけではない。『鬼門遁甲《きもんとんこう》』の魔法自体が解除されている。

(罠《わな》か？　いや……)

偽装の一つを解いて、何を仕掛けようというのか。術が破られてしまった状況ならともかく、『鬼門遁甲《きもんとんこう》』はまだ達也《たつや》の感覚を惑わし続けている。『鬼門遁甲《きもんとんこう》』単体なら『術式解散《グラム・ディスパージョン》』で無効化することはそれ程難しくないが、それだって一手間を要する分、攻撃が一手遅れてしまう。『仮装行列《パレード》』と組み合わさると、厄介度はさらに上がる。

達也《たつや》にしてみれば『仮装行列《パレード》』対策に集中できるので、『鬼門遁甲《きもんとんこう》』の中断は戦い易《やす》さの点でありがたい。しかし光宣《みのる》の意図が分からないのは不気味だった。

(……迷うな。俺を迷わせることが目的だという可能性もある)

達也《たつや》は自分にそう言い聞かせて、思考の迷路に足を踏み込む前にそれを回避する。

光宣《みのる》が魔法を使った気配が達也《たつや》の感覚に引っ掛かった。『精霊の眼《エレメンタル・サイト》』で「視《み》」たのではない。直感だ。八雲《やくも》から繰り返し『精霊の眼《エレメンタル・サイト》』に頼りすぎるなと指導されている成果だった。

気配を頼りに振り返る。およそ五メートル先に達也《たつや》は魔法による事象改変を認めた。慣性質量が急激に変化した痕跡だ。物理学者ならば、重力波と表現したかもしれない。魔法師である達也《たつや》は、加重系・慣性制御魔法の余波と捉えた。

(疑似瞬間移動か？　ならば光宣《みのる》はあそこだ)

位置情報を信じるならば、光宣《みのる》は先程から動いていない。だが光宣《みのる》が自分の情報を偽装しているのは、今更言うまでもないことだった。

達也《たつや》はフラッシュ・キャストで自分の身体《からだ》に掛かる慣性を軽減し、疑似瞬間移動が終了したと見られる場所に向かって地を蹴った。上空に魔法の発動兆候が生じたが、光宣《みのる》がいると推定される場所はもう目の前だ。

達也《たつや》は慣性軽減を解除し、目に頼らず先程魔法の痕跡を発見した際の、記憶の中の距離感だけで右足を強く踏み込んだ。

掌底順突きの形で右手を突き出す。

その手は確かな手応えを得た。

光宣《みのる》の眼前に突如、達也《たつや》が出現する。

光宣《みのる》に驚きはあったが、不思議には思わなかった。慣性制御による自己加速魔法を使ったのだと、すぐに推測できたからだ。

考えるだけで、対応はできなかったが。

達也《たつや》の右手が自分の胸に伸びているのは見えている。

だが肉体を鍛えていない光宣《みのる》には、達也《たつや》の掌底突きを躱《かわ》すことも防ぐことも不可能だった。

それでも心の一部に、楽観が残っていた。

パラサイト化した光宣《みのる》は、強力な自己治癒力を持っている。肉体的なダメージを負っても、それで動けなくなることは無いはずだ。

むしろ密着状態は光宣《みのる》にとってもチャンスになる。発動中の魔法『青天霹靂《クラウドレス・サンダー》』を自爆覚悟で放てば、自分もダメージを受けるだろうが、ただの——妖魔も混ざっておらず強化措置も受けていないという意味で——人間でしかない達也《たつや》の方が被害は大きいに違いない。光宣《みのる》はそう思った。

しかし、ことはそう単純では無かった。

達也《たつや》の突きは電光のように鋭かった。だが光宣《みのる》には何故《なぜ》かそれが、ゆっくりと見えていた。身体《からだ》はまるで反応できていない。魔法の発動も、まるで追い付かない。ただ認識だけが達也《たつや》の技を追い掛けている状態だ。

達也《たつや》の手が光宣《みのる》の身体《からだ》に届く直前。

まだ触れていないにも拘《かか》わらず、光宣《みのる》の全身に衝撃が伝わる。

痛みではない。物質的な感覚ではなかったが、敢《あ》えて言うなら波だ。皮膚の上を波紋が走り抜けていったような錯覚。

(仮装行列《パレード》が破られた⁉)

加速した思考が、その感覚の正体を認識する。

達也《たつや》の掌《てのひら》に先立ち、彼が纏《まと》う濃密な想子《サイオン》が光宣《みのる》の肉体と重なる想子《サイオン》情報体に圧し入り、光宣《みのる》の身体《からだ》に掛けられていた『仮装行列《パレード》』の魔法式を吹き飛ばしたのだ。

無論、それで終わりではない。

達也《たつや》の掌底が光宣《みのる》の胸を突く。

今度の衝撃は痛み。

そして、息ができない苦しさが光宣《みのる》を襲う。肺の中から空気が押し出されただけではない。

心臓が一瞬停止し、血の流れが止まる。

それは単に、細胞が活動に必要とする酸素を得られないという肉体の代謝に関わる問題だけではなかった。

達也《たつや》の想子《サイオン》が心臓から血管を通して全身に巡り、光宣《みのる》自身の想子《サイオン》情報体に拒絶反応を引き起こした。

光宣《みのる》の手足が激しい痙攣《けいれん》に見舞われる。いや、手足だけではない。仰向けに倒れた胴体は水揚げされたエビのように屈曲と伸展を繰り返して草の上を跳ね、頭はその動きに逆らうように前後に振れる。

肉体から遊離していた認識も、身体《からだ》と同じ混乱に見舞われホワイトアウトしていた。

達也《たつや》が光宣《みのる》の腰の辺りを跨《また》ぎ、前屈して彼をのぞき込んでいる。

その両眼は光宣《みのる》の顔ではなく胸の中央、心臓の位置に狙いを定めていた。

たった今、掌底突きを打ち込んだ箇所のすぐ横だ。

屈《かが》み込《こ》んだ達也《たつや》が左手で光宣《みのる》の右胸を押さえ、右手を引き絞る。

ただし今度の彼の右手は、掌底ではなく貫手の形に構えられていた。

力尽きたように光宣《みのる》の痙攣《けいれん》が治まる。

ただまだ、意識の方は回復していない。

光宣《みのる》はぼんやりした焦点の合わない目で、自分の胸を抉《えぐ》ろうとしている達也《たつや》を見上げていた。


右手の先に纏《まと》った想子層《サイオンレイヤー》が光宣《みのる》の想子体《サイオンたい》に食い込んだのを達也《たつや》は感じた。

次の瞬間、『仮装行列《パレード》』が効果を失い光宣《みのる》の実体が露出する。

達也《たつや》はそれを〇・一秒の間に認識した。

考えたのではなく、知った。

彼の右手には全身の装甲に使っていた想子《サイオン》が集められている。

これは『仮装行列《パレード》』を無効化したからではない。掌底突きを繰り出した時から決めていたことだ。

無防備になるのは覚悟の上。『鬼門遁甲《きもんとんこう》』の解除に光宣《みのる》の迷いを見て取り、達也《たつや》は勝負に出たのだった。

右手が光宣《みのる》の胸を捉える。やや左寄りだが、狙っていた位置から大きく外れてはいない。

掌《てのひら》から衝撃と想子《サイオン》を流し込む。
想子《サイオン》が浸透して行く確かな手応え。
それは草原に倒れた光宣《みのる》の反応となっても表れた。
痙攣《けいれん》し、のたうち回る光宣《みのる》。
達也《たつや》は光宣《みのる》の腰を跨《また》いで逃げられないようにし、前傾して光宣《みのる》の様子を観察する。
痙攣《けいれん》が止まり、光宣《みのる》の身体《からだ》は草の上にぐったりと横たわった。
抵抗力は無くなっているように見える。演技ではない、と達也《たつや》は判断した。
ただ、この状態がどの程度続くか分からない。今の内に、処置を終えるべきだ。
達也《たつや》は屈《かが》み込《こ》み、左手を光宣《みのる》の右胸に当てた。
(肉体の構造情報を取得——完了)
(取得した構造情報を変数として待機)
そして達也《たつや》は親指だけを開く四本貫手の形にした右手を引き絞り、

無造作に、
光宣《みのる》の胸に、突き刺した。

光宣《みのる》の口から苦鳴が漏れ、その身体《からだ》がもう一度だけ、大きく痙攣《けいれん》する。

胸に食い込んでいるのは人差し指から小指までの四本だけでは無い。開いた状態で親指も無抵抗に潜り込んでいた。

これは言うまでもなく、『分解』を使った結果だ。右手に『分解』の事象改変フィールドを纏《まと》わせ、接触する物を無差別に分解しているのである。

指が付け根まで沈んだところで、達也《たつや》は右手を握り締めた。ちょうど、心臓を握りつぶす位置だ。

光宣《みのる》が大きく両目を見開き、悲鳴の形に口を開く。しかし、その口から声は出ない。

達也《たつや》が右手を引き抜く。

そこには、ぽっかりと空いた穴以外何も無かった。

すぐに立ち上がり、一歩退く達也《たつや》。返り血は見当たらない。心臓を握りつぶしたはずの右手にも、血はついていない。

達也《たつや》は光宣《みのる》を真剣な表情で観察している。

一秒が経過。達也《たつや》は光宣《みのる》から目を離さない。

二秒が経過。

(出たな)

彼は心の中で呟《つぶや》いた。光宣《みのる》の身体《からだ》から、パラサイトの本体が抜け出そうとしていた。

(霊子《プシオン》情報体支持構造を認識)

達也《たつや》は、まだ半分が光宣《みのる》の肉体と重なっている状態のパラサイトに「眼《め》」を向けた。

霊子《プシオン》情報体支持構造分解魔法『アストラル・ディスパージョン』で光宣《みのる》に同化していたパラサイトを滅ぼす為《ため》だ。

(霊子《プシオン》情報体支持構造の分析を完了。アストラル・ディスパージョン——)

だが彼がアストラル・ディスパージョンを発動する一瞬前。

肉体を捨てたはずのパラサイトが、再び光宣《みのる》の身体《からだ》へ吸い込まれていった。

(これは——!)

達也《たつや》が向ける驚愕《きょうがく》の視線の先で、光宣《みのる》の胸に空いた穴が見る見る塞がっていく。

パラサイト化した光宣《みのる》が高い治癒力を持っているのは知っていたが、心臓を丸ごと再生する程とは、達也《たつや》も予想していなかった。

胸の傷が塞がり、光宣《みのる》が目を開ける。

達也《たつや》は思わず、一歩、二歩と後退した。

光宣《みのる》がむくりと起き上がる。

「そういうことだったんですね」

立ち上がった光宣《みのる》はそう言って、達也《たつや》に何ら含むところのない笑顔を向けた。

達也《たつや》の掌底突きを喰《く》らった光宣《みのる》は肉体の自由を失っていたが、精神は正常に活動していた。肉体が精神の命令を受け付けなくなっているだけで、精神は肉体の情報を把握していた。

達也《たつや》の左手が自分の右胸にあてがわれる。

その直後光宣《みのる》は、達也《たつや》が自分の肉体の情報を読み出したと感じた。

肉体の、細胞一片に至るまでの構造情報。自分の肉体の全情報。

それが達也《たつや》の中にストックされたと、彼は直感的に覚《さと》った。

(もしかして、これが達也《たつや》さんの復元能力の秘密……?)

だが今の自分の肉体を復元して、何の意味があるのだろうか。

そんな疑問を懐《いだ》いたのは一瞬。

意識を漂白されてしまいそうな激痛が光宣《みのる》を襲った。

心臓を消されたという信号が、同時に生じた痛覚と共に肉体から送られてきたのだ。

しかし激痛はすぐに消えた。

痛みが大きすぎて、脳が痛覚情報を遮断したからだ。

心臓は失われたが、精神と肉体のつながりはまだ保たれている。

大脳は霊的次元に存在する精神と物質次元の存在である肉体をつなぐ送受信装置。

大脳は心臓の機能が失われても、三秒から五秒は活動を続けている。だから光宣《みのる》の精神はまだ、肉体の状態を知ることができる。

精神にとっては、脳が活動している限り肉体は生きている。

しかしパラサイトは、血の流れに宿って人間の肉体に同化する初期プロセスの性質上、血液という物質的な存在に縛られなくなる同化後も、心臓の機能喪失を宿主の死と認識する。

そして宿主の「死」により、パラサイトはその肉体から離れる。

(これが達也《たつや》さんの狙いだったのか？)

実際にパラサイトが光宣《みのる》の肉体から抜け出していく。

そのパラサイトに向けて、達也《たつや》が光宣《みのる》の知らない魔法を使おうとしている。

あれは、パラサイトを葬《ほうむ》る魔法だ。光宣《みのる》はそう感じた。

どういう仕組みなのか分からないが、達也《たつや》はこの世界から、パラサイトを消し去る魔法を編み出している。——光宣《みのる》はそう直感した。

彼は理解した。

達也《たつや》が自分を、救おうとしていると。

おそらく、自分の為《ため》ではない。深雪《みゆき》と水波《みなみ》の為《ため》に、自分を殺すという結末を避けようとしていると。

(だけど、それでは駄目なんです……)

(それでは、彼女を救えない……！)

達也《たつや》の思いどおりにはさせられない。

精神は、肉体無しではこの世界に干渉できない。心臓を失った光宣《みのる》は、現世に干渉する力を急激に失っている。

それでも光宣《みのる》は、残された力を振り絞って自分の中から出て行こうとするパラサイトを引き戻し、己の肉体を修復した。

「そういうことだったんですね、達也《たつや》さん」

光宣《みのる》は達也《たつや》に向かって、同じセリフを繰り返した。

「達也《たつや》さんは僕を人間に戻そうとした。そうすることで、僕を助けようとしてくれたんですね」

達也《たつや》は光宣《みのる》の言葉に応えない。

ただ発動の途中だった『アストラル・ディスパージョン』を中断し、光宣《みのる》の肉体を復元する為《ため》に待機させていた『再成』の魔法式を、光宣《みのる》の肉体構造データと一緒に破棄した。

「僕を心臓死に追い込み、抜け出てきたパラサイトの本体を滅ぼした後、僕の肉体を復元する。そうすることで僕からパラサイトを分離し、人間に戻してくれるつもりだったんでしょう？」

「……そうだ」

今度は光宣《みのる》の言葉に、達也《たつや》は応えを返した。

そこまで完全に見抜かれてしまっては、認めるしかなかった。

「達也《たつや》さんはやっぱり、冷たいように見えて優しい人なんですね」

「…………」

達也《たつや》の仏頂面《ぶっちょうづら》に、光宣《みのる》が失笑を漏らす。その笑顔に敵意は見当たらなかった。

「だけど僕は、人間に戻るわけにはいかない」

「何故《なぜ》なの!?」「何故《なぜ》なんですか!?」

その叫びは同時に放たれた。

深雪《みゆき》と水波《みなみ》が光宣《みのる》のセリフに間髪を入れず、その理由を訊《たず》ねる。

質問の形で、光宣《みのる》を咎《とが》める。

光宣《みのる》に翻意を求める。

「僕はパラサイトとして殺されることで、僕の霊体の中にパラサイトを吸収し、人間の精神に憑依《ひょうい》するパラサイトの能力を使って水波《みなみ》さんの精神の奥底に自らを沈め、既に憑依《ひょうい》している パラサイトとも合体して魔法演算領域の安全装置になります」

今度は、「何故《なぜ》」という問い掛けが入り込む余地は無かった。

「これが水波《みなみ》さんを完全に治療する、現在実行可能な唯一の方法です」

それが光宣《みのる》の答え。人間に戻ることを拒絶した理由。

水波《みなみ》が勢い良く、自分の口を塞いだ。

「……私の為《ため》、なんですか……？」

悲鳴を呑《の》み込《こ》んだ水波《みなみ》が、ゆっくりと手を下ろしながらのろのろと問い掛ける。

光宣《みのる》が哀《かな》しげに頭《かぶり》を振った。

否定の仕草は、水波《みなみ》の質問を直接否定するものではなかった。

「……達也《たつや》さん、正直に告白します。水波《みなみ》さんの病状が決定的に悪化してしまったのは、僕の所為《せい》です」

達也《たつや》は何も言わない。

ただ光宣《みのる》を見詰めるだけだ。

光宣《みのる》は達也《たつや》の視線を、続きを促されていると解釈した。

「水波《みなみ》さんを攫《さら》っていった先の米軍基地で、僕たちはパラサイトを排除しようとするアメリカ兵の襲撃を受けました。その際に水波《みなみ》さんは、僕をかばって高出力の対物障壁魔法を使ってしまったんです」

達也《たつや》の顔に、無言のまま納得の色が浮かぶ。

「その所為《せい》で水波《みなみ》さんのオーバーヒート症状は決定的に悪化してしまいました。僕の中にある周公瑾《しゅうこうきん》の知識でも、手の施しようがない程に。時間稼ぎすら難しい程に」

「だから、自分の命で責任を取ると？」

達也《たつや》の言葉に、光宣《みのる》は嫌みでない苦笑を漏らした。

「責任ではありません」

光宣《みのる》は少し躊躇《ためら》ってから、羞じらいを含む表情で続きを口にする。

「僕は水波《みなみ》さんに、生きていて欲しいだけです」

彼の、本音のセリフを。

「だから達也《たつや》さん、お願いです。僕を殺してください」

「殺されなければならないのか？」

「自殺では駄目なんです。パラサイトの本能が、自殺を避けようとしてしまう。その為《ため》、僕の精神とパラサイトの本体の間に亀裂が生じて、その後の吸収が困難になってしまいます」

どうやら自分に対する嫌がらせではなさそうだと理解した達也《たつや》が、銀のリングを手首にはめた右腕を光宣《みのる》へと差し伸べる。

「待ってください！」

制止の声が上がった。

不意を突かれた深雪《みゆき》が、リーナが、止めようとして手を伸ばすが間に合わず、水波《みなみ》が達也《たつや》と光宣《みのる》の間に駆け込む。

達也《たつや》に背を向け、光宣《みのる》と正面から向かい合って。

「光宣《みのる》さま、私はその様なことを望んではいません」

光宣《みのる》が辛《つら》そうに目を逸《そ》らす。

「私は光宣《みのる》さまの犠牲の上に、生《い》き存《なが》えることなど望みません」

「……分かっている」

光宣《みのる》は自分がしようとしていることが、自分の我《わ》が儘《まま》だと分かっている。

水波《みなみ》に一生続く重荷を背負わせる行為だと、理解している。

それでも彼は、こうする以外に考えられない。

「それでも、僕は」

「光宣《みのる》さま」

水波《みなみ》は光宣《みのる》に、最後まで言わせなかった。

「私、決めました」

「………………」

「やっと決められました」

「……何を？」

光宣《みのる》はとぼけたのではない。彼は水波《みなみ》が何を言おうとしているのか、本気で分からなかった。

「光宣《みのる》さま、私をパラサイトにしてください」

水波《みなみ》の言葉は光宣《みのる》だけでなく、達也《たつや》にも、深雪《みゆき》にも聞こえた。

「水波《みなみ》ちゃん、何を言っているの⁉」

光宣《みのる》が反応するより早く、深雪《みゆき》が悲鳴交じりに叫ぶ。

「深雪《みゆき》さま、申し訳ございません」

水波《みなみ》は深雪《みゆき》の声に振り返り、深々と頭を下げた。

「光宣《みのる》さまからうかがうまでもなく、何となく分かっていました。人としての私の命はもう、長くありません」

顔を上げて、隠していた心の裡《うち》を打ち明ける。

「だから人であることを捨てるというの⁉」

水波《みなみ》は「命が惜しい」とは言わなかった。

「私はもう、余り長くは深雪《みゆき》さまにお仕えできないと分かってしまったんです」

これは、口実ではない。水波《みなみ》の、本心だった。

「それでも良《い》い。ついさっきまで私はそう思っていました。深雪《みゆき》さまが私を必要としてくださるなら短い間でも、この命が尽きるまでお仕えしようと。それが深雪《みゆき》さまを裏切ってしまった私にできる唯一《ただひと》つの償いであり、唯一の恩返しですから」

「償いなんて考えなくて良いの！　恩返しなんて、わたしは求めていない！」

「深雪《みゆき》さま。達也《たつや》さま。私はご奉仕する主《あるじ》が欲しいんです。そして主《あるじ》に必要としてもらっていると感じることが、私にとって何よりの幸せなんです。……変ですか？」

達也《たつや》も深雪《みゆき》も「変だ」とは答えられなかった。――本音でどう思っているかは別にして。

おそらくは深雪《みゆき》の為《ため》に、幼い頃から刷り込まれたのであろう水波《みなみ》の価値観を否定することは、二人にはできなかった。

「深雪《みゆき》さま、申し訳ございません」

水波《みなみ》が再び、謝罪を口にする。

「人として長くない私は、本日ただ今を以《もっ》て、お暇《いとま》を頂戴したいと存じます」

「水波《みなみ》ちゃん……」

「深雪《みゆき》さまに看取《みと》っていただくのは忍びないです。私の為《ため》に涙を流していただくのは、心苦しすぎます」

水波《みなみ》は真顔で、本気か冗談か分《わ》かり難《にく》いセリフを口にした。

当然と言うべきか、誰も笑えない。

何となく気まずく、緊張感が失《う》せた空気の中、水波《みなみ》が再び光宣《みのる》と向き合った。

「光宣《みのる》さま。私の為《ため》に死のうなんて考えないでください。私のことをそこまで惜しんでくださるなら、私の主《あるじ》として共に生きてください。——命を捨ててまで助けようとしてくださった光《み》宣《のる》さまのお心に、私は応えたいと思います」

「水波《みなみ》さん、それって……」

野暮なことを言おうとした光宣《みのる》を、水波《みなみ》は微笑《ほほえ》みで黙らせた。

「もしこの世界がパラサイトの存在を許さないなら、私と一緒に眠りませんか？　共に在る時は一瞬だけですが、その一瞬は一生と同じ価値があると思うのです」

波《なみ》が口にした「眠る」という言葉が「永眠」を意味していることは、達也《たつや》にも、深雪《みゆき》にも、リーナにも、そして光宣《みのる》にも分かった。水波《みなみ》のセリフは表面上矛盾していたが、彼女の言葉に耳を傾けていた四人は、おかしいとは感じなかった。

「――分かったよ、水波《みなみ》さん」

頷《うなず》いた光宣《みのる》が、一歩前に出る。

達也《たつや》の前に、水波《みなみ》を背にかばう体勢で。

「達也《たつや》さん、お願いがあります」

「見逃せというなら、無理だ」

達也《たつや》は雰囲気に流されなかった。自分でも非情だとは感じたが、今ここで彼が二人を逃がしても、待っているのは別の狩人《かりゅうど》に追い立てられる日々でしかないと達也《たつや》には分かっていた。

「そんなことは望みません」

光宣《みのる》の口調は落ち着いていた。笑みが無い代わりに苛立《いらだ》ちも絶望も無い、とても凪《な》いだ表情をしていた。

「僕は水波《みなみ》さんと眠ります。死ではなく、夢を見ながら。パラサイトの僕とパラサイトの水波《みなみ》さんで同じ夢を共有して、命が尽きるまで微睡《まどろ》みの檻《おり》に自らを閉じ込めておくことにします」

「自分と水波《みなみ》に、自分で人工冬眠の魔法を掛けると言うのか？」

「人工冬眠……、そうですね。自ら目覚めることが無いという点では、人工冬眠と同じです。そこでお願いしたいのは、僕たちが眠る場所を作ってくれませんか」

「眠っているお前たちを保護しろということか？」

「虫の良いお願《い》いだとは思いますが、水波《みなみ》さんと過ごす夢の世界を誰にも邪魔されたくないんです」

「お兄様」

その声は、達也《たつや》のすぐ後ろから聞こえた。

何時《いつ》の間《ま》にか深雪《みゆき》は、リーナを連れて達也《たつや》の許《もと》へ歩み寄っていた。

「光宣《みのる》君と水波《みなみ》ちゃんの願いを、叶《かな》えてはあげられませんでしょうか」

「――分かった」

形としては深雪《みゆき》の頼みに頷《うなず》く格好になったが、実は既に、達也《たつや》は光宣《みのる》の提案を受《う》け容《い》れることに決めていた。

「巳焼島《みやきしま》にちょうど良《い》い場所がある。地下牢獄《ろうごく》だが、眠り続けるのであれば問題無いはずだ」

巳焼島《みやきしま》は元々、重犯罪魔法師用の牢獄《ろうごく》として利用されていた島だ。研究島に転用された今でも、二十四時間監視装置付きの地下牢獄《ろうごく》が何時《いつ》でも利用できる形で残されていた。

「もちろん、構いません」

光宣《みのる》は二つ返事で頷《うなず》いた。彼は当然、「地下牢獄《ろうごく》」がどんな場所か知らなかったが、外の様子が全く分からない眠りの中に自ら囚《とら》われの身となるのだ。どんな場所でも、眠りの邪魔をされなければそれで良かった。

「達也《たつや》さん、お願いします。僕たちを、その地下牢獄《ろうごく》に閉じ込めてください」

光宣《みのる》の処遇は、これで決まった。

しかしパラサイトは、もう一体残っている。

「レイモンド・クラーク、お前はどうする」

「僕に選択権があるのかい？」

達也《たつや》の呼び掛けに応じて、少し離れた所に立っていたレイモンドが近付いてくる。

「選択肢は二つだ」

「二つもあるんだ？」

レイモンドが自嘲気味に笑う。抵抗の素振りは、見せなかった。

「ここで俺に滅ぼされるか、USNA当局に引き渡されるか」

達也《たつや》は、無駄なことは一切口にしなかった。

「二番目の選択肢で頼むよ」

即答するレイモンド。確かにこの二者択一なら、考えるまでもないかもしれない。

「分かった。では、一緒に来い。後ろじゃない。前を歩くんだ。光宣《みのる》と水波《みなみ》もついてこい。深《み》雪《ゆき》とリーナは、光宣《みのる》と水波《みなみ》の後ろだ。深雪《みゆき》」

「は、はい」

思い掛けない達也《たつや》の冷たい声音に、深雪《みゆき》は上擦った声で応える。

「光宣《みのる》がおかしな素振りを見せたら、迷わずコキュートスを使え」

「分かりました」

深雪《みゆき》は一転、感情を殺した口調で頷《うなず》いた。その答えに、達也《たつや》も無言で頷《うなず》きを返す。

光宣《みのる》に抵抗の意思は無かったが、彼は達也《たつや》に抗議しなかった。

レイモンドを一歩前に出して、達也《たつや》は歩き出した。

［9］

光宣《みのる》と水波《みなみ》の処置について、達也《たつや》は真夜《まや》と東道《とうどう》に隠さず相談した。

二人とも、反対しなかった。

そして今、光宣《みのる》、水波《みなみ》、そして達也《たつや》は巳焼島《みやきしま》の地下深くに造られた牢獄《ろうごく》にいる。

核シェルターに使われている壁よりも分厚く頑丈なコンクリートと樹脂と鉛と鉄の複合構材に囲まれ、一本の大きな螺旋《らせん》を描く細い階段でのみ地上につながっている地下牢《ろう》。その階段は途中、三つの装甲扉で遮られ、地上に出るまでには合計五枚の扉を抜けなければならない。

異常な程に厳重なこの牢獄《ろうごく》が、光宣《みのる》と水波《みなみ》の寝所だ。

今日は八月二十八日。達也《たつや》と光宣《みのる》の、決戦の夜から三日が経《た》っている。光宣《みのる》と水波《みなみ》をこの部屋で眠らせる為《ため》の準備に、三日間を要したのだった。

「光宣《みのる》、始めてくれ」

二人をここまで連行した達也《たつや》が、光宣《みのる》に促す。

「分かりました。……水波《みなみ》さん、良《い》いね？」

光宣《みのる》が行おうとしているのは、パラサイト化の儀式。

この時、水波《みなみ》はまだ、人間だった。

「はい。お願いします」

水波《みなみ》の答えに、躊躇《ためら》いは無い。この三日間は、彼女の覚悟を試される時間でもあった。

「じゃあ、そこで横になって」

ウェディングドレスを思わせる純白のネグリジェを着た姿をガウンで隠した水波《みなみ》が、光宣《みのる》に言われるがままベッドに横たわった。

「目を閉じて」

「はい」

水波《みなみ》は瞼《まぶた》を閉ざし、彼女の意識はそのまま深みへと沈んだ。


目が覚めた時、水波《みなみ》はパラサイトになっていた。

目覚めた直後に、自分がパラサイトになっていると分かった。

(水波《みなみ》さん、聞こえる?)

意識の奥から、光宣《みのる》の声が聞こえる。

光宣《みのる》の声だと、すぐに分かった。自分の思考との区別は、きちんとついていた。

(はい、聞こえます)

心の中で、応えを返す。ここでも自分と光宣《みのる》の意思を間違えることはなかった。

「成功です。水波《みなみ》さんの自我は、損なわれていません」

光宣《みのる》の言葉は水波《みなみ》に対してというより、主に達也《たつや》へ向けられたものだった。

「上手《うま》く行って良かったな」

達也《たつや》の、その労《ねぎら》いの言葉に皮肉は含まれていない。

「はい」

達也《たつや》は心から成功して良かったと思っていたし、光宣《みのる》も心の底から安堵《あんど》していた。

「では、二人とも。これで、さようならだ。もし間違って目が覚めたらインカムで呼んでくれ」

「えっ、良《い》いんですか……？」

光宣《みのる》が意表を突かれた表情で問い返す。水波《みなみ》も意外感を隠せずにいる。

二人が言いたいことは、達也《たつや》にも理解できていた。だが達也《たつや》は、光宣《みのる》と水波《みなみ》が間違いなく眠りについたと、見届ける必要性を認めなかった。

光宣《みのる》にも水波《みなみ》にも、今の世界に自分たちの居場所が無いことは分かっている。

それを理解しているから、光宣《みのる》はこの地下牢獄《ろうごく》を選んだ。

水波《みなみ》は光宣《みのる》と共にいることを選んだ。

今更二人の決意が揺らぐとは、考えられなかった。

「おやすみ。良《い》い夢を」

達也《たつや》はそう言い残して、二人の新居から去った。

◇　◇　◇

地上に戻った達也《たつや》は、すぐに地下牢《ろう》を監視していた係員から報告を受けた。

光宣《みのる》と水波《みなみ》は達也《たつや》が去った直後、深い眠りについた。二人のバイタルサインは、ほとんど仮死状態のレベルまで低下したまま安定している、と。

達也《たつや》も二百段を超える階段を上っている途中で、内向きの魔法が発動するのを感知していた。魔法の詳細は敢《あ》えて読み取らなかったが、あれが一昨日、光宣《みのる》から詳細なデータを受け取った人工冬眠の魔法であることは容易に推測できた。

レイモンドは既に昨日、護送のＵＳＮＡ軍の輸送艦に引き渡し済みだ。この後レイモンドがどうなるのか、達也《たつや》は一切関知していない。レイモンドはパラサイト化しているとはいえ、アメリカ人だ。彼の処分はＵＳＮＡの政府なり裁判所なりが決めれば良い。そんなところまで責任を負うつもりは、達也《たつや》には無かった。

（これで、ひとまず終わりか……）

達也《たつや》にはこの後の腹案がある。だがそれはまだ、先の話だ。準備に少なくとも二年は掛かるだろう。取《と》り敢《あ》えず、一段落ついたと考えて良いはずだ。

達也《たつや》は一時の別れが済んだことを東京に残っている深雪《みゆき》に伝えるべく、別宅として使っている四葉家《よつばけ》関係者用マンションビルの八階へ足を向けた。

（サクリファイス編　完）

The irregular at magic high school

卒業編

二〇九八年三月八日。

卒業式まであと一週間。ここ最近の国立魔法大学付属第一高校には落ち着かない空気が充満していた。

現在の三年生は、三巨頭と呼ばれる三人の実力者が在籍していた二年前の卒業生よりさらに粒ぞろい、と言うより傑出していたというもっぱらの評判だ。

入学当初から当時の三年生をも寄せ付けない卓越した魔法の実力を示し、在籍途中であの四《よっ》葉《ば》家《け》直系だと明かされた前生徒会長・司波《しば》深雪《みゆき》。

二科生として入学しながら一年生の夏、九校戦の舞台で高校生離れした魔法工学技術を示し、二年生の三学期に四葉《よつば》家《け》直系、三年生の一学期にあの「トーラス・シルバー」の正体であることが判明し、既に魔法大学卒業が約束されていると噂《うわさ》の前生徒会書記・司波《しば》達也《たつや》。

この二人が放つ光芒《こうぼう》が余りにも強烈でつい霞《かす》んでしまいそうになるが、他にも優秀な魔法師の卵、それどころか高校生でありながら第一線の魔法師に引けを取らない実力があると特定の業界から評価を受けている若手魔法師が何人もいる。

例えば、現代では極めて珍しい留学生で在学中の実績は特に無いものの、その実力を知る者の間では司波《しば》深雪《みゆき》に肩を並べていると評判のアンジェリーナ・クドウ・シールズ。

司波《しば》達也《たつや》と同じく入学時は二科生でありながら九校戦で頭角を現し、二年生進級時に一科生となり、さらには風紀委員長の地位を勝ち取った吉田《よしだ》幹比古《みきひこ》。彼は古式の術者でありながら現代魔法にも通じており、古式魔法師の間では伝統的な魔法技術に革新を起こす麒麟児《きりんじ》と期待されている。

中止になった二〇九七年度九校戦の代わりに開催されたモノリス・コード交流戦で、女子でありながら一高代表選手の一人として出場し、交流戦一高優勝の立役者になった千葉《ちば》エリカ。なお彼女は非公式記録だが、交流戦で相手選手最多撃破数を記録している。

他にも『レンジ・ゼロ』の異名を持ちマーシャル・マジック・アーツのオープン大会で、高校生でありながらベスト四に残った十三束《とみつか》鋼《はがね》。光を操る魔法に掛けては既に日本でトップクラスと魔法大学の教授に太鼓判を押されている光井《みつい》ほのか。その他、北山《きたやま》雫《しずく》、五十嵐《いがらし》鷹輔《ようすけ》、明智《あけち》英美《えいみ》、里美《さとみ》スバル、森崎《もりさき》俊《しゅん》など、それぞれ得意とする分野で高い評価を受けている生徒が何人もいた。

今年の三年生が在籍していた三年間こそが、一高の本当の黄金期だったと称《たた》え、彼らが卒業した来年度以降を危ぶむ気の早い学校関係者もいる程だ。教職員も在校生も三年生の卒業を惜しみ、一抹の寂しさと共に不安を抱えつつ、精一杯の祝福を贈ろうとしている。それが一高内に充満する不安定な、揺れ動き落ち着かない空気の正体だった。

◇　◇　◇

駅から一高の校門へ続く通学路。

「あっ、達也《たつや》くんだ。何時東京に戻ったの？」

久し振りに登校している達也《たつや》に向かって、高く張りのある声が飛んだ。彼の隣には深雪《みゆき》、さらにその隣にリーナがいる状態で気軽に声を掛けられる女子生徒はわずかだ。

「エリカ、朝の挨拶はそうじゃないでしょ」

応えたのは達也《たつや》ではなく、眉を顰《ひそ》めた深雪《みゆき》だった。

「ゴメンゴメン。おはよう達也《たつや》くん、深雪《みゆき》、リーナ」

エリカが大人しく挨拶からやり直す。深雪《みゆき》に逆らってはならないというのは、一高女子の間では常識にも等しい不文律だった。

「おはよう、エリカ」

達也《たつや》に続いて深雪《みゆき》とリーナが「おはよう」を返す。

一通り挨拶の交換が終わった後、最初に口を開いたのは達也《たつや》だった。

「エリカに会うのは約一ヶ月ぶりだな」

「そんなになるんだっけ。ああ、そうか。この前達也《たつや》くんが学校に顔を見せた時は、あたしが受験でいなかったのか」

　エリカは魔法大学だけでなく、警察にOBが多いことで知られる一般の大学も「うちに来ないか」と呼ばれて試験を受けた。魔法科高校の生徒が一般の大学から勧誘されるのは、極めて珍しいケースだ。

「そうだったわね。それで、決めた？」

　ここでリーナが、エリカに進学先を訊《き》く。

「やっぱり魔法大学にしようと思って」

「それ、本当？」

　深雪《みゆき》がこう訊《たず》ねたのは、エリカの進路が二転三転していたからだ。

「今度こそホント。あたしが魔法大学に進むなんて、今でも実感湧かないけど」

　元々エリカは進学自体、しないつもりだった。

　去年の五月頃、「高校を卒業したら武者修行の旅に出たい」と話していたのは決して冗談ではなかった。夏休みまでは、かなり本気で旅に出ることを考えていた。出国の段取りや旅費を稼ぐ為《ため》の割の良《い》いアルバイトのことなども真面目に調べていた。

　だがモノリス・コードの交流戦に出場したことで、状況が変わった。

　エリカの実力は千葉《ちば》道場の門人を通じて、以前から警察や国防軍には伝わっていた。だが組織の上の方へ行く程、身内の噂《うわさ》という点を割り引いて考える、言うなれば「逆色眼鏡」で見る者が多かった。

しかし交流戦の活躍で、その実力が噂《うわさ》以上のものだと明らかになった。特に相手を傷つけず無力化する無系統魔法『幻刃《ファントム・エッジ》』――『幻衝《ファントム・ブロウ》』の斬撃版――や、『術式解体《グラム・デモリッション》』の亜種と見られる無系統の対抗魔法『術式斬壊《グラム・スラッシュ》』――想子《サイオン》の刃で魔法式を斬る技――は魔法師犯罪者鎮圧に最適だと警視庁の幹部が目を付けた。

魔法大学から警察に就職する者も多い。夏休みが終わった直後からエリカは、警察官を多く輩出する武道が盛んな一般大学のOBと、警察官僚になった魔法大学のOBから勧誘を受け、両者の綱引き状態になっていた。

そんな状態だったエリカだが、卒業間近になってようやく進学先を決めたようだ。

「良かった。じゃあ、四月からも一緒ね」

「うん……」

深雪《みゆき》の言葉に、エリカが少し照れたように笑う。魔法大学に進学できるとは思わなかった、というのは嘘偽りのない彼女の本音だったのだろう。

「ワタシもよ。よろしくね」

「リーナ、本当にアメリカには帰らないんだね。こちらこそよろしく」

リーナは以前から「このまま日本の魔法大学に進学する」と明言していた。しかしエリカは、リーナがUSNAの国家公認戦略級魔法師『アンジー・シリウス』だったと知っている。だからその言葉を、半分以上信じていなかったのだった。

達也《たつや》の魔工科クラスはE組。

深雪《みゆき》とリーナはA組。

そしてエリカはF組。

四人は昇降口で深雪《みゆき》とリーナ、達也《たつや》とエリカに分かれることになる。

E組とF組の教室は隣同士。達也《たつや》とエリカは、それぞれの教室まで肩を並べて上っていった。

「ところでさ。さっきの話、達也《たつや》くんはどうするの？」

「前から言っているとおりだ。魔法大学に進学する予定は変わらない」

エリカの質問に達也《たつや》は「何故《なぜ》今更そんなことを訊《き》く？」という顔で答えた。

「魔法大学に行くのは知ってるけど、達也《たつや》くんの場合それだけじゃないでしょ？」

「ああ、そういう意味か」

しかしエリカの答えに、達也《たつや》の表情が納得顔に変わる。

「うん、そういう意味。恒星炉の研究を優先するの？　それとも軍の仕事？」

エリカは達也《たつや》が国防軍を辞めたことを知らない。辞めたといっても元々正規の士官ではないのだが、一年生の秋に起こった横浜事変の印象が強すぎて、達也《たつや》は国防軍の一員だという思い込みが拭い去れないのだ。

「しばらくは研究だな。実現しなければならない課題が多すぎる」

「へぇ……。じゃあ大学も、あんまり通えそうにない？」

「どうだろう。学びたいことも多いし、なるべく出席するつもりだが」

「真面目ねぇ。いや、貪欲なのかな」

「普通だろう」

エリカは呆《あき》れ気味だが、この時代の若者として達也《たつや》の態度は珍しいものではない。技術は日々進歩している。技術の進歩に適応すべく、社会制度の変化のスピードも速い。魔法大学に限らず、昨今の大学生に遊んでいる余裕は無いのだった。

——無い余裕を遣《や》り繰《く》りして社交に励むのも、今時の大学生なのだが。

「よっ、達也《たつや》。久し振り」

もうすぐF組の教室という所で、廊下で別の生徒と喋《しゃべ》っていたレオから声が掛かる。

「おはよう、レオ」

達也《たつや》がレオに挨拶を返すと、横を歩いていたエリカが「それじゃあね」と小声で手を振って教室の中に入っていく。顔を合わせれば口喧嘩《くちげんか》になっていた以前に比べれば格段の進歩だ。

レオと喋《しゃべ》っていた女子生徒も達也《たつや》に会釈《えしゃく》して離れていく。階段へ向かって行ったので下級生かもしれない。

「邪魔したか？」

「何言ってんだ。声を掛けたのは俺の方だぜ」

それもそうか、と達也《たつや》は思った。相手が女子生徒だったという点を彼は気にしていたのだが、レオは後輩に人気があると聞いている。きっと、惜しむ程の機会ではないのだろう。

「えっと、二週間ぶりくらいか」

「ちょうど十日ぶりだな」

レオのセリフを達也《たつや》は細かく訂正した。別に悪意からではない。何となくだ。

「そっか。今日はどうしたんだ。また校長に呼ばれでもしたのか？」

レオは特に気にした様子も無く、そう訊《たず》ねてくる。

レオの質問に、達也《たつや》は軽く顔を顰《しか》めた。

「校長じゃない。事務長に呼ばれた。どうしても自筆の署名が必要らしい」

「そんなんあったかなぁ……？　まっ、達也《たつや》の場合は色々特殊だからな」

——特殊といえば、レオが選んだ進路も特殊だ。結局彼は、魔法大学に進学しなかった。

彼が選んだ進学先は『克災救難大学校《こくさいきゅうなんだいがっこう》』。通称『レスキュー大』。

第三次世界大戦後、我が国では国防軍を防衛任務に専念させる為《ため》、従来軍が担《にな》っていた大規模災害時の救助活動を専門で担《にな》う救助部隊が消防や警察の救助部隊とは別に組織された。名を『克災救難隊《こくさいきゅうなんたい》』。通称『日本レスキューコーア』。あるいは単に『レスキューコーア』。

年月を重ねるにつれてレスキューコーアは海難救助や山岳救助にも守備範囲を広げ、今では消防や警察の仕事の一部を肩代わりするまでに成長している。

『克災救難大学校《こくさいきゅうなん》』は名前から分かるとおり、レスキューコーアこと『克災救難隊《こくさいきゅうなんたい》』の為《ため》の高度人材育成を目的とする教育機関である。位置付けは防衛大に近い。

ただ防衛大と違い、魔法科高校生が進学するのは希《まれ》だ。災害時の救助活動には魔法師も活躍するが、レスキュー大で教えるのは機械テクノロジーを活用した、魔法に頼らない救難活動の技術である。入試も、魔法が使えるからといって有利にはならない。

レオは元々、山岳警備隊を進路として考えていた。山岳部に所属していたのも、この進路志望があったからだ。進学はせず、直接警察に入るつもりでいた。

だが魔法大学受験を視野に入れ始めた頃から、魔法大学以外の進学先も色々と調べた。その結果、レスキュー大を第一志望に決めたのだった。

魔法が入試に使えないのは、レオにとって全く問題にならない。今でも硬化魔法以外の魔法は苦手なのだ。体力測定やアスレチック実技が試験に含まれるレスキュー大の入試の方が、レオにとっては余程有利だった——。

「何か、俺たちとは別の手続きがあるってことか」

一体達也《たつや》がどんな用件で事務長に呼ばれたのか興味津々《きょうみしんしん》のレオに、

「詳しくは知らん」

達也《たつや》はぶっきらぼうな応えを返した。

「それとな……、前回の呼び出しは校長じゃない。教頭だ」

そして、こう付け加える。

「大して違わないだろ」

レオはそう言うが、最終決定権者である校長からの呼び出しと教頭の指導では随分意味合いが違う。特に先日の教頭の用件は、魔法大学から依頼を受けて達也《たつや》が何を学びたいと考えているのか聴取するという内容のものだった。所謂《いわゆる》「呼び出し」とはかなり性質が異なる。

そのことをレオに反論しようとしたところで、F組の前を通り過ぎた。

「じゃ、また後でな」

「ああ」

引き止める程でもない。達也《たつや》はレオと別れ、E組の教室に入った。


E組の生徒は、もう六割以上が教室にいた。

「達也《たつや》さん、おはようございます」

隣の席から美月《みづき》が律儀《りちぎ》に挨拶してくる。

「おはよう、美月《みづき》。皆、結構来ているんだな」

挨拶を返すついでに、達也《たつや》はさっきから疑問に感じていたことを口にした。

三年生は少し前から自由登校になっている。もう進路もあらかた決まっている時期だ。達也《たつや》自身のように、こんな卒業の間近まで書類上の手続きが残っている生徒はそれ程多くないだろう。卒業式の予行練習などというものもない。三年生の事前準備は、式の段取りを動画で説明されるだけだ。

つまり三年生は学校に来る必要が無いはずなのに、E組だけでなく他のクラスも、結構な人数が登校していた。達也《たつや》はそれを不思議に思ったのだ。

「学校内でしかできないことも多いですから。それにクラブのことも気になりますし」

なる程、と達也《たつや》は思う。その可能性は見落としていた。言われてみれば、という感じだ。巳焼島《みやきしま》のような一種の治外法権領域で暮らしていると忘れがちになるが、市街地での魔法の使用は厳しく制限されている。巳焼島《みやきしま》は四葉家《よつばけ》が実質的に支配しているので魔法を使っても咎《とが》められない。むしろ魔法を日常的に使用するのが当たり前になっている。しかし普通は、許可無く魔法を使うと警察による取り締まりの対象になる。

魔法大学とその付属高校の敷地内《しきちない》は、魔法の使用が例外的に許されている場所だ。ただし巳《み》焼島《やきしま》と違って、許可されている範囲を超えれば警察に逮捕されてしまうが。

それでもこの学校の敷地内《しきちない》の、魔法を使える自由度は、校外とは比べものにならない。多くの生徒にとって、まともに魔法を使いたければ学校に来るしかない。魔法の練習をできる場所は、達也《たつや》たちのような一部の例外を除いて学校しか無いということだ。

もっとも美月《みづき》の場合、卒業間近になっても登校している理由はもう一つの方だろう。彼女は美術部員だ。仕上げが残っている作品があるのか、後輩の指導に熱を入れているのか。

本人の弁に依《よ》れば、絵を本格的に始めたのは高校に入ってから、らしい。――本格的と言っても高校の部活レベルでだが。だが、性に合っていたのだろう。進学先も絵に関係する所だ。

彼女は魔法大学に進学しなかった。元々美月《みづき》は自分の目――霊子放射光過敏症《りょうし》をコントロールできるようになることが目的で一高に入った。魔法師として希少な才能の持ち主だが、美《み》月《づき》自身は魔法技能にそれ程拘《こだわ》りがなく、魔法師になりたいという意識も薄かった。

高校で満足な成果が得られなければ多少無理をしてでも魔法大学に進学することを視野に入れていた美月《みづき》だが、自分の予想を超えて彼女は自分の「視力」をほぼ完全に制御できるようになっている。今でも霊子光《プシオン》を遮断するメガネを掛けているが、既に日常生活のレベルではメガネ無しでも問題の無い域に達している。霊子放射光過敏症《りょうし》に関して言えば、去年の九月時点で魔法大学に進学する意味は無くなっていた。

進学という点でもう一つ言えば、三年生の二学期時点で美月《みづき》が魔法大学に合格できる可能性は低かった。筆記試験は合格ラインを超える実力があったのだが、実技が合格ラインに届いていなかった。それでも無理をすれば何とかなるかもしれないレベルだったが、美月《みづき》自身よりも彼女の両親が魔法大学受験に反対した。

その結果、美月《みづき》が進路に選んだのはデザインの専門学校。その中でCGを専攻するコースをチョイスした。この時代、人々の意識の中に大学と専門学校の優劣は無い。大学自体の専門化が進んでいて、職業に直結する教育の比率が高まっている。業界によっては「大卒は採用しない」と公言する企業もある程だ。

ただ美月《みづき》は、魔法と完全に縁を切るつもりもなかった。魔法の勉強は大学以外で続けることになっている。

現代魔法学は傾向として、知覚系の技術より作用系の技術に重きが置かれている。魔法大学の教育もこの傾向に従って、作用系の技術を中心にカリキュラムが組まれている。美月《みづき》が得意とする知覚系の技術に関する知見は、現代魔法の専門家よりもむしろ古式魔法師の間で多く蓄積されている。ただ理論化が進んでいないだけだ。

魔法大学に進学することが決まっている幹比古《みきひこ》は、大学の勉強とは別に古式魔法の理論化、体系化に取り組むつもりだ。美月《みづき》はその手伝いをすることになっていた。彼女が水彩画や油彩画ではなくCGデザインを選択したのは、一つには古式魔法で使われている呪字や魔法陣などのシンボルを写真ではなく描かれたものとして記録するという目的があった。

おそらく美月《みづき》は、専門学校卒業後も幹比古《みきひこ》と二人三脚で歩んでいくに違いない……。

「あの、達也《たつや》さん……。私の顔に何かついていますでしょうか……？」

美月《みづき》が不安げな表情で達也《たつや》に問い掛ける。

つい微笑《ほほえ》ましい気分で美月《みづき》を見ていたことが気付かれてしまったようだ。

「いや、もう卒業間近だというのに、クラブの為《ため》に学校に来ているなんて、後輩思いなんだなと考えていただけだ」

「そ、そんなことないですよ！　い、嫌ですね、いきなり」

美月《みづき》が赤面してわたわたと両手を振る。

彼の言葉をまるで疑っていない反応に、達也《たつや》の視線はますます生温かなものとなった。

◇　◇　◇

当たり前だが、生徒会も風紀委員も既に代替わりしている。

深雪《みゆき》もほのかも、もちろん達也《たつや》も、もう生徒会役員ではないし、幹比古《みきひこ》と雫《しずく》も風紀委員ではない。

昼休みにまで仕事に悩まされることもなく、達也《たつや》たちは揃《そろ》って食堂でランチを楽しんでいた。

「達也《たつや》さん、ご存じですか？　三高と六高の卒業式が延期になったそうですよ」

この情報をテーブルにもたらしたのはほのかだ。ほのかは順当に、四月から魔法大学に進むことになっている。もちろん、雫《しずく》も一緒だ。

「あっ、僕もその話は聞いたよ」

相槌《あいづち》を打ったのは幹比古《みきひこ》。彼も来月から魔法大学の学生だが、しばらくは昼間大学に通って夜は実家の儀式に参加する生活になりそうだと嬉しそうにぼやいていた。何でも、古式魔法師にとって一人前と認められる為《ため》の第一段階と位置付けられる重要な儀式らしい。

「新ソ連の影響か？」

ほのかと幹比古《みきひこ》の言葉に、達也《たつや》が質問の形で推測を返す。

「そうです。日本海沿岸はまだ厳戒態勢ですから」

ほのかが言うとおり、北海道《ほっかいどう》・東北の日本海沿岸地域、北陸・山陰の沿海部各都市には、現在非常事態宣言が出されている。新ソ連がウラジオストクに大軍を集めていることに対する措置だ。

新ソ連政府は「演習目的だ」と言い張っているが、そんな言い訳を鵜呑《うの》みにできるはずがない。単なる示威行動ならばまだ良《い》いのだが、本格侵攻の準備という可能性が捨てられない。

八月に達也《たつや》の反撃を受けた新ソ連は、その後報復に出ることもなく去年の内は大人しくしていた。だがやはり、そのまま引き下がる気は無かったのだろう。年初から度々威嚇と見られる大規模な演習を極東地域で繰り返してきた。そして遂《つい》に、五日前から始まった陸海軍の大動員である。

達也《たつや》も新ソ連軍の動向は把握していた。おそらく、この場にいる誰よりも詳しいだろう。新ソ連軍の目的が侵攻には無く威嚇に過ぎないという情報も彼は摑《つか》んでいた。ＵＳＮＡの国防長官付き秘書官からの情報だ。おそらく国防軍や防衛省の幹部より正確に事態を把握している。

だから達也《たつや》は現状を余り心配していない。ただ懸念《けねん》されるのは新ソ連軍の前線兵士の暴走だが、それは何時《いつ》でも起こり得ることだ。もし日本に対する大規模な攻撃に発展すれば、東道青波《とうどうあおば》との秘密契約に基づき、達也《たつや》は遠慮無く介入するつもりだった。

「三高と六高は、卒業式を二十四日まで延期する予定らしい」

幹比古《みきひこ》が詳しい情報を追加する。

「九日の延期か……。随分慎重なんだな」

それは、差し迫った危機は無いと知っている達也《たつや》の正直な感想だった。

「厳戒態勢が長引いて再延期なんて羽目に陥るより、延ばせるだけ延ばしておこうって考えみたいだ」

しかしこれも納得できる話だ。甘い予測で予定が二転三転するのは、関係者にとって迷惑以外の何ものでもない。

「そうか。一条《いちじょう》たちも大変だな」

三高と言えば、やはり馴染《なじ》みがあるのは一条将輝《いちじょうまさき》と吉祥寺真紅郎《きちじょうじしんくろう》の二人。

彼らも魔法大学進学組だ。将輝《まさき》は夏の時点で気持ちが防衛大に傾いていたが、結局魔法大学に決めていた。この件では達也《たつや》も相談を受けたが、彼のアドバイスが将輝《まさき》の進路に影響したのかどうかは分からない。

進路に悩む必要は全く無いと思われていた吉祥寺《きちじょうじ》も、実は紆余曲折《うよきょくせつ》があった。

『基本コード』の発見者であり旧第一研の跡地に立てられた『金沢《かなざわ》魔法理学研究所』の研究員

である吉祥寺《きちじょうじ》は、大学に進学するよりこのまま金沢《かなざわ》に残って研究所で自分の研究を進めた方が良《い》いのではないか、という声は以前からあったが、所詮少数派の意見でしかなかった。

しかしこの押し付けがましい独善的な声が、戦略級魔法『海 爆《オーシャン・ブラスト》』の登場で無視できない程に高まった。この困難な国際情勢下で戦略級魔法を開発できる技術者を、大学で遊ばせていて良いのか、という自分勝手な正義を振りかざす者たちが大勢出現したのだ。

そもそも魔法大学は遊ぶ所では無いし、吉祥寺《きちじょうじ》が学問の自由を犠牲にしなければならない道理は何処《どこ》にも無い。そんな無責任な正義感は頭から無視すれば良かったのだが、真面目な吉《きち》祥寺《じょうじ》は「国難」と言われて悩んでしまったのだった。

吉祥寺《きちじょうじ》が迷いを振り切って進学を決めたのは、将輝《まさき》の「やはり魔法大学に進学する」という一言が決め手だった。そして将輝《まさき》と吉祥寺《きちじょうじ》は無事、四月から今までどおり仲良く同じ学校に通うこととなったのである。

来月から東京の魔法大学に通うとなれば、当然東京またはその近郊に住まいを探さなければならない。新生活の為《ため》の準備も色々必要だ。卒業式が遅れれば、その分準備に費やせる時間は減る。一条家《いちじょうけ》の跡取りとその友人だ。新居探しは苦労しないかもしれないが、事前に上京して新しい生活環境に慣れておく時間が短くなってしまうのは避けられない。

深雪《みゆき》も同じことを考えたのか。

「一条《いちじょう》さんたち、もしかしたら卒業式前にこちらへいらっしゃるかもしれませんね」

そんな予想を口にした。

確かに東京と金沢《かなざわ》の距離を考えれば、東京で新生活をスタートさせて卒業式だけ金沢《かなざわ》に帰るという選択肢も十分に現実的だ。

「ああ、あり得るな」

だから達也《たつや》は、深雪《みゆき》にそう応えを返した。

友人たちの間からも、異論は出なかった。

［2］

二〇九八年三月十五日、土曜日。

魔法大学付属第一高校は、いよいよ卒業式を迎えた。

一高だけではない。三高と六高を除く付属高校の卒業式が、今日一斉に行われる。

ウラジオストクに集結していた新ソ連軍の大兵力は十日から徐々に数を減らし、十三日には通常の状態に戻ったことが確認されたが、日本海沿岸都市の厳戒態勢の解除は明日十六日になる予定だ。金沢《かなざわ》市の三高と出雲《いずも》市の六高は卒業式ができる状態ではない。延期は妥当な判断だったようだ。

大勢の父兄と来賓に見守られて、卒業証書の授与が厳《おごそ》かに進む。こういうところは前世紀から余り変わっていない。

二〇九七年度の卒業生、百七十名ちょうど。入学時点から三十人が退学しているということだ。この数字は例年に比べて多いとも少ないとも言えない。魔法工学科の新設で退学者は減ると期待されていたが、まだまだ効果が出るのは先のようだ。

一方、卒業生の進路については魔法大学へ進学する者、百二十八名。防衛大へ進学する者、十五名。魔法大学へ進学する者の割合が約十パーセント伸び、防衛大を進路に選んだ卒業生の割合が微減していた。これは魔法工学科新設の効果と言って良いだろう。

なお、その魔法工学科は二年生進級時に新設されてから一人の退学者も出していない。二十五人全員が卒業を迎えたのは、全クラスの中で最も優秀な成果と言える。

卒業証書はまず最優秀卒業生――成績だけでなく課外活動も加味して最優秀と認められた生徒が最初に受け取り、以降は成績に関係無くA組から順番に授与されていくのが去年までの流れだった。

だが今年は少しだけ、違いがあった。

最初に名前を呼ばれたのは深雪《みゆき》。これは誰もが納得の、順当な結果だ。

しかしラストは、H組の卒業生ではなかった。

最後に名前を呼ばれたのは、達也《たつや》だった。

壇上に上がった達也《たつや》を前に、百山《ももやま》校長が改めて卒業証書を読み上げる。

「――所定の課程を修めその業を卒《お》えたのでこれを証する」

書かれていた文面は、テンプレートどおりの面白みがなく無難なもの。

ただ、そこで終わりではなかった。

「また貴殿が在学中、各界に多大な貢献を為《な》し本校の名誉を大いに高めたことに対し、感謝の意を表す。国立魔法大学付属第一高等学校校長、百山東《ももやまあずま》」

渡された書状は卒業証書一枚。だが言葉だけのものであっても、一人の卒業生が卒業式で校長から感謝の言葉を送られるなど前代未聞《ぜんだいみもん》の出来事だった。

虚を突かれたような短い静寂の後、最初はパラパラと、すぐに割れんばかりの喝采が沸き起こる。

一人の劣等生として入学した達也《たつや》は、優劣を超えた規格外の生徒として卒業の時を迎えた。

◇　◇　◇

卒業式の後、学校で行われる卒業パーティーは去年まで一科生と二科生で会場を分けて開催されていた。だが今年は会場を一つにして一科生、二科生、魔工科生の区別がないパーティーとなっていた。

人数が倍になったので、会場は去年までの小体育館ではなく（小体育館は二つある）、中庭でのガーデンパーティーになっている。もしも天気が悪かった場合は本校舎、実技棟、実験棟の各屋上を使って巨大天幕を張る予定になっていた。幸い今日の天気は穏やかな晴れで、天幕の下のガーデンパーティーという野暮な催しにならずに済んでいる。

卒業式の後、卒業生がぞろぞろと、講堂からパーティー会場の中庭に移動している。途中、卒業生を呼び止めて別れを惜しんでいる女子生徒が涙を流していたり、卒業生が後輩の涙に貰《もら》い泣《な》きしていたりする風景は、魔法科高校も他の高校と変わらない。

達也《たつや》たちもいつものメンバーで一塊になって、他の卒業生と同じ歩調で会場に向かっていた。

「それにしても凄《すご》えよな。卒業式で校長から感謝してもらえるなんて、前代未聞《ぜんだいみもん》じゃねえか？」

レオが興奮冷めやらぬ表情で感嘆を漏らす。

「学校側としては苦肉の策だったんだろうな」

「どういうこと？」

達也《たつや》の応えに不思議そうな顔をしているのは、疑問を口にしたエリカだけではなかった。

「俺の出席免除、試験免除はディオーネー計画参加が前提だったからな。出席日数も単位も足りない俺を卒業させる別の口実が必要だったんだろう」

「……それだけじゃないと思うけど」

「そうですよ！　実際に達也《たつや》さんは学校から感謝されるだけのご活躍をされていたんですから」

エリカに続いてほのかが熱心に達也《たつや》の誤解を解こうとする。

そんな風に騒ぎながら中庭の会場に着いた一同は、入り口でいったん別れた。エリカとレオは同じF組のクラスメイトの所へ、ほのかと雫《しずく》は九校戦の新人戦を共に戦った英美《えいみ》やスバルたちに呼ばれて、美月《みづき》は美術部の友人の所へ、幹比古《みきひこ》は美月《みづき》についていく。

三人になった達也《たつや》、深雪《みゆき》、リーナの許《もと》に——正確に言うなら深雪《みゆき》の許《もと》に、現生徒会長の泉美《いずみ》が歩み寄ってくる。彼女は赤い制服を着た男子生徒を伴っていた。

「一条《いちじょう》さん⁉」

深雪《みゆき》が思わず声を上げてしまったとおり、その男子生徒は三高の一条将輝《いちじょうまさき》だった。

「……司波《しば》さん。お久し振りです」

照れ臭そうな顔で将輝《まさき》が深雪《みゆき》に挨拶する。──達也《たつや》とリーナはナチュラルに無視されていた。

「はい。お久し振りです。でも……」

「僭越《せんえつ》かと存じましたが、わたくしがお招きしました」

どうして、というセリフを呑《の》み込《こ》んだ深雪《みゆき》に泉美《いずみ》が横から話し掛けた。

「わずか一ヶ月とはいえ、一条《いちじょう》先輩も当校に在席された卒業生。せっかく東京にいらっしゃるのですからと、お声掛けした次第です」

三高の卒業式は延期になっているので、厳密に言えば将輝《まさき》はまだ卒業生ではない。

「そう。泉美《いずみ》ちゃん、良く気が付いてくれたわね」

しかし深雪《みゆき》はそんな些細《ささい》な点は指摘せず、泉美《いずみ》の気配りを労《ねぎら》う。

「もったいないお言葉です！」

全身で感激を表す泉美《いずみ》に笑顔で頷《うなず》いて、深雪《みゆき》は将輝《まさき》に視線を戻した。

「一条《いちじょう》さんは何時《いつ》東京へいらっしゃったのですか？」

「一昨日です。新ソ連軍の配置が通常に戻ったので、卒業式より一足早く上京することにしました」

　ここで将輝《まさき》は何故《なぜ》か、少し慌てた素振りを見せる。

「その、東京を本拠地にしている七草家《さえぐさけ》と十文字家《じゅうもんじけ》には一昨日の内に挨拶を済ませまして」

　深雪《みゆき》が訝《いぶか》しげに将輝《まさき》を見上げる。何故《なぜ》そんな当然のことをこのタイミングで態々《わざわざ》口にするのか分からない、という顔だ。

「なる程。泉美《いずみ》が一条《いちじょう》の上京をいち早く知っていたのはそういう理由か」

「そうなんだ」

　達也《たつや》の助け船に、将輝《まさき》がホッとした表情を浮かべた。

　そこでようやく将輝《まさき》の注意が深雪《みゆき》以外に向く。

　特にリーナを見て、彼は怪訝《けげん》な顔になった。

「一条《いちじょう》さん、彼女はアンジェリーナ・クドウ・シールズさんです。訳あって当家でお預かりしています」

　その視線に気付いて、深雪《みゆき》がリーナを将輝《まさき》に紹介する。

「アンジェリーナ・クドウ・シールズです。リーナと呼んでくださいね」

　深雪《みゆき》の言葉を受けて、リーナが余所《よそ》行《い》きの笑顔で挨拶する。

「あ、はい。ええと、一条将輝《いちじょうまさき》です。よろしくお願いします、リーナさん」

　将輝《まさき》は少しドギマギしながら自己紹介を返した。彼は深雪《みゆき》のことが好きなのだが、それでもリーナの美貌に何も感じないままではいられなかったようだ。

しかし将輝《まさき》は、ただ上《のぼ》せているだけではなかった。彼は女に弱いわけではない。深雪《みゆき》が例外なだけだ。

「……失礼ですが、クドウというのはもしかして……？」

将輝《まさき》の察しの良さに、リーナは驚かなかった。

「ええ。ご想像のとおり、ワタシの祖父は先日亡《な》くなられた九島《くどう》閣下の弟です」

何と言っても、達也《たつや》という前例がある。達也《たつや》にも初対面の席で「九島《くどう》閣下のご血縁か」と訊《たず》ねられている。「クドウショーグン」の名はそれだけ日本の魔法師の間では有名なのだろう、程度にしかリーナは思っていない。

「そうですか。……老師のご血縁にも拘《かか》わらず、九島家《くどうけ》でなく四葉家《よつばけ》に身を寄せていらっしゃる理由は、訊《き》かない方が良《い》いんですよね？」

将輝《まさき》の質問にリーナが一瞬「？」マークを浮かべたのは、九島烈《くどうれつ》を指していた「老師」という呼称がピンと来なかったからだ。

「一条《いちじょう》さん、リーナは四葉家《よつばけ》で預かっているのではありませんよ」

リーナが戸惑っている隙に、深雪《みゆき》が回答権を横取りする。

「とあるお方のご指示で、達也《たつや》様とわたしがリーナのお世話をしているんです」

「とあるお方……？　いえ、失礼しました」

将輝《まさき》はそれ以上踏み込まなかった。相手が深雪《みゆき》だからではない。「とあるお方」と正体をぼかした言い方に、秘密の臭いを嗅ぎ取って触れるのを避けたのだ。十師族の跡取りとしては、当然のリスク感覚だった。

同時に将輝《まさき》は、達也《たつや》に奇妙な敗北感を覚えていた。戦闘力なら、「世界」の脅威となった達《たつ》也《や》が相手でも『海爆《オーシャン・ブラスト》』を手にする自分はそれ程劣っていないと将輝《まさき》は思っていた。――いや、今も思っている。最初に新しい戦略級魔法を使ったあの時以後、将輝《まさき》は研鑽《けんさん》を重ねて、この短期間で『海爆《オーシャン・ブラスト》』を「進化した」と表現できるレベルにまで引き上げている。

しかし今、深雪《みゆき》が匂わせた達也《たつや》の人脈は、単なる強さでは対抗できない深く昏《くら》い権力の深淵《しんえん》を予感させるものだった。自分と同じ年齢で社会の奥深くまで食い込んでいるであろう達也《たつや》に、子供が大人に対して懐《いだ》く劣等感に似たものを将輝《まさき》は覚えていた。

「――司波《しば》。開会のセレモニーが終わってからで良《い》い、少し時間をくれないか」

彼が性急にそんなことを言い出したのは、この敗北感に対する若者らしい反発が生み出した焦《あせ》りが原因だった。

◇　◇　◇

簡単な開会の挨拶と卒業生を代表する深雪《みゆき》の謝辞が終わり、長すぎず短すぎないフリータイムの後、在校生有志による余興が始まった。会場の目はほとんどが、中庭の中央に設けられた盆踊りの櫓《やぐら》のようなステージに向いている。抜け出すにはちょうど良《い》いタイミングだった。

達也《たつや》は将輝《まさき》に目配せして、講堂の反対側にある小体育館裏の空き地へ二人だけで移動した。

「それで、何の用だ」

達也《たつや》に問われて、将輝《まさき》は唇をギュッと引き結び、両手を身体《からだ》の脇で握り締め、背筋と腹と、そして目に力を入れた。

「司波《しば》、俺は司波《しば》さんが——司波深雪《しばみゆき》さんが好きだ」

将輝《まさき》の声は、今にも震え出しそうだった。

「知っている。それで？」

応える達也《たつや》の声には、動揺も緊張感も無かった。

「………………」

将輝《まさき》は中々続きを口にしようとしない。

「それで？」

「…………」

黙ったままの将輝《まさき》に、達也《たつや》が背を向けようとする。

「待て！」

将輝《まさき》は慌てて達也《たつや》を引き止めた。

半分背を向けていた達也《たつや》が、うんざりした表情で振り返り将輝《まさき》と正面から向かい合う。

「何だ、一体」

「司波《しば》、お前は……彼女のことが好きなのか？」

「深雪《みゆき》のことなら、好きに決まっている」

将輝《まさき》の問い掛けに、達也《たつや》は呆《あき》れ声《ごえ》で答えた。

達也《たつや》にとってみれば、自明すぎて答える必要さえ覚えない質問だ。

「どういう意味で好きなんだ！」

しかし将輝《まさき》にとっては、自明ではなく不明な答えだったようだ。

達也《たつや》は眉を顰《ひそ》め、将輝《まさき》が何を訊《き》きたいのか三秒程考えた。

「──俺は深雪《みゆき》を愛している」

達也《たつや》が真顔で返した答えに、将輝《まさき》が怯《ひる》む。

だが将輝《まさき》は、ここで引き下がらなかった。

「ちゃんと女性として愛しているのか⁉」

「……深雪《みゆき》は女性だ」

達也《たつや》が一瞬口ごもったのを、将輝《まさき》は見逃さなかった。

「誤魔化すな！　お前は彼女を女性としてではなく、妹として愛しているだけなんじゃないか⁉」

「──っ」

達也《たつや》の息が一瞬、止まる。

達也《たつや》は深雪《みゆき》を心から愛している。そこに偽りは微塵《みじん》もない。

——だが自分は深雪《みゆき》を、女性として愛しているのか。

——妹として愛しているだけではないのか。

それは達也《たつや》自身が自分に問い掛け、答えを出せずにいる疑念だった。

深雪《みゆき》のフィアンセになったあの日からずっと、達也《たつや》の心に刺さっている棘《とげ》だった。

将輝《まさき》の一言は、図らずも達也《たつや》のアキレス腱《けん》を射るものとなった。

「お前にそんなことを言われる筋合いは無い！」

痛いところを突かれて、達也《たつや》が初めて声を荒げる。

「一条《いちじょう》、お前こそ深雪《みゆき》の外見に惹《ひ》かれているだけだろう！」

「クッ……。外見を好きになって何が悪い！」

将輝《まさき》もまた、達也《たつや》の指摘に大きなダメージを受ける。

二人は互いの言葉に、冷静さを大きく削り取られた。

「外見だけで好きとか言われても信じられるものか！」

「外見だけじゃない！　俺はきっと、彼女の全てを愛せる！」

「深雪《みゆき》のことをよく知りもせずに何が愛だ！　軽薄な一目《ひとめ》惚《ぼ》れってヤツじゃないか！」

達也《たつや》の声も将輝《まさき》につられて、どんどんヒートアップしていく。

「一目《ひとめ》惚《ぼ》れの何が悪い！　彼女を初めて見た時、俺は運命を感じたんだ！」

「運命だと⁉　そんなものが根拠になるか！」

「お前がフィアンセに選ばれたのも、偶々《たまたま》彼女と血のつながりがあっただけだろ！　それだって運じゃないか！」

「俺と深雪《みゆき》の間には、積み重ねてきた十年以上の時間がある！」

「だからそれが、運が良かっただけだと言っている！」

「過去の時間は事実。運命とやらは単なる思い込みだ！　俺が深雪《みゆき》の婚約者ということも、既に決まった事実だ！」

「大人の都合で決められた事実など、俺は認めない！」

将輝《まさき》が絶叫する。

まるでそれを合図にしたように、中庭から流れてきていた音楽が聞こえなくなったことに、興奮した達也《たつや》も将輝《まさき》も気付かない。――この時、達也《たつや》の感情を制限している呪いは機能していなかった。深雪《みゆき》に関わる感情は、精神改造の対象外。二人の男が深雪《みゆき》を巡って争うこのシチュエーションに、達也《たつや》の感情を呪縛するものは無い。

「深雪《みゆき》さんには、俺の方が相応《ふさわ》しい！」

将輝《まさき》が右手を振りかぶり、達也《たつや》に殴り掛かる。

冷静さを欠いた大振りのパンチだ。躱《かわ》すのは容易だった。

だが達也《たつや》は躱《かわ》さなかった。将輝《まさき》のパンチを、敢《あ》えて顔面で受けた。

「馴《な》れ馴《な》れしく深雪《みゆき》の名を呼ぶな！」

達也《たつや》が将輝《まさき》を殴り返す。

彼の格闘技術からすれば信じられない程に拙い、荒々しい代わりに雑な一撃。

しかし将輝《まさき》も、その拳を顔で受け止めた。

「名前くらい呼ばせろ！」

将輝《まさき》が殴り返す。

「自分の方が相応《ふさわ》しいとか！」

達也《たつや》が殴り返す。

将輝《まさき》がよろける。

「——ふざけるな！」

達也《たつや》は追撃しない。激情に満ちた目で将輝《まさき》を睨《にら》み、怒鳴りつける。

「ふざけてなど、いるものかぁ！」

体勢を立て直した将輝《まさき》が再び達也《たつや》に殴り掛かる。

——躱《かわ》すのでも防ぐのでもいなすのでもなく、一切の言い訳が利《き》かない、むき出しの自分で目の前の男に勝たなければならない。

——自分の想《おも》いの方が強いと、相手に見せつけなければならない！

この時、達也《たつや》も将輝《まさき》もそう思っていた。

強く念じ、確信していた。

二人は一言ずつ怒鳴りながら、律儀《りちぎ》に一発ずつ、交互に拳を繰り出す。

二人とも唇が切れ、頬を腫らしている。ただ、どちらもそれ以上の、例えば歯を折るとかの重傷にはなっていない。お互い、しっかり歯を食いしばっているのと、武の技術を使っていないからだろう。二人は敢《あ》えて技を使わず、ただ素の力だけを叩《たた》き付《つ》け合っている。

「深雪《みゆき》を一番愛しているのは俺だ！」

達也《たつや》の拳が将輝《まさき》を打つ。

「俺の方が彼女を愛せる！」

将輝《まさき》の拳が達也《たつや》を打つ。

「一番は俺だ！」

打つ。

「それは俺の方だ！」

打つ。

「俺だ！」

殴る。

「俺だ！」

殴る。

ただそれだけの遣《や》り取《と》りが何度も、何度も繰り返される。

達也《たつや》の拳も将輝《まさき》の拳も当初の勢いは無く、足下が定まらなくなっている。

今や短い言葉を発する余力も無いのか、達也《たつや》も将輝《まさき》も無言でパンチを交換している。

それでも二人は止まらない。

振り上げる腕を止めない。

二人とも、最早《もはや》意地だけで殴り合っている。

だが気力にも限界がある。いや、想《おも》いの力に限界は無いかもしれないが、肉体がついていけなくなる。

体力勝負、耐久力勝負は——、達也《たつや》に軍配が上がった。

達也《たつや》の弱々しいパンチが将輝《まさき》の横顔を捉え、将輝《まさき》がゆっくりと地面に崩れ落ちる。

達也《たつや》は足を踏ん張り、倒れそうになる自分の身体《からだ》をそれこそ気力で支え、荒い息を吐きながら声を振り絞った。

「深雪《みゆき》は渡さない。誰にもだ！」

荒々しく、勝利の雄叫《おたけ》びを上げる。

その直後、

万雷の拍手が達也《たつや》に浴びせられた。

驚きを露《あら》わにした達也《たつや》が辺りを見回す。

達也《たつや》と将輝《まさき》が殴り合っていた空き地は、何時《いつ》の間《ま》にか卒業パーティーに参加していたはずの卒業生と在校生に囲まれていた。

その最前列に立っていた深雪《みゆき》が、背中を押されて蹈鞴《たたら》を踏み、前に出る。

深雪《みゆき》の背中を押したのは、泣き笑いのほのかだった。

深雪《みゆき》は頰を真っ赤に染めながら、達也《たつや》の許《もと》へと歩み寄る。

彼女を赤面させているのは、羞恥心だけではなかった。

「達也《たつや》様……」

達也《たつや》は咄嗟《とっさ》に、言葉を返せない。彼はかつてない程、動揺していた。

「わたしもです」

「…………」

「わたしも達也《たつや》様を、誰にも渡しません」

わっ、と歓声が上がる。

喝采が轟《とどろ》く。

左右を見回した後、達也《たつや》は血の滲《にじ》む唇に、観念したような笑みを浮かべた。

「深雪《みゆき》」

彼は優しく最愛の女性の名を呼び、その手を力強く包み込んだ。

「逃げよう」

そして達也《たつや》は、情けないセリフを堂々と告げた。

「はい！」

達也《たつや》が深雪《みゆき》の手を引いて駆け出す。

深雪《みゆき》が達也《たつや》の背中に幸せ満開の笑顔で続く。

二人の前には、人垣の道ができていた。

二人は拍手に見送られ、人垣の間にできた一筋の道を走り抜けた。

人垣の中に、リーナの姿が見える。リーナは視線が合うと、ニッと笑みを浮かべ親指を立てて見せた。

人垣の中に、ほのかと雫《しずく》の姿が見える。ほのかは雫《しずく》の肩に顔を伏せ、雫《しずく》はその頭を優しく撫《な》でている。

人垣の中に、エリカとレオの姿が見える。二人は冷やかすような、だが決して冷笑ではない笑顔を向けていた。

人垣の中に、美月《みづき》と幹比古《みきひこ》の姿が見える。美月《みづき》はただひたすら手を叩《たた》き、幹比古《みきひこ》は苦笑を浮かべてそれに付き合っている。

人垣の中に、泉美《いずみ》と香澄《かすみ》の姿が見える。泉美《いずみ》は達也《たつや》を口惜《くや》しそうに睨《にら》み付《つ》け、香澄《かすみ》は泉美《いずみ》を見ないようにして嬉《うれ》しそうに、一安心と言わんばかりの笑顔で手を振っている。

人垣が途切れる。

二人の先には、校門まで続く桜並木。

今年は開花が早く、既に桜は散り始めている。

舞い散る桜の下を、達也《たつや》と深雪《みゆき》は走り抜ける。

二人はしっかり手をつないだまま、桜吹雪の中を駆け抜けた。

〔完〕

あとがき

『魔法科高校の劣等生』、これにて完結しました。シリーズ完結です。

第一巻初版発行が二〇一一年七月一〇日。……丸九年ですか。ここまでお付き合いくださった読者の皆様には、感謝の言葉しかありません。

今、感極まっている状態でして、気の利《き》いた言葉は何一つ出てきません。

唯々《ただただ》、皆様に対する感謝の気持ちで一杯です。

九年間、本編三十二巻、ＳＳ一巻、スピンオフ三巻、合計三十六巻。ご愛読くださった全ての方へ、心よりの感謝を。

まことに、ありがとうございました。

次の作品でも、是非とも、よろしくお願い致します。


（佐島《さとう》　勤《つとむ》）

追伸
なお、この後のページに少しだけ付け足しがありますので、よろしければご覧ください。
あとがきを書く前に執筆した後日談です。

追伸その二

『サクリファイス編』の「sacrifice」は、ここでは「自己犠牲」の意味で使っています。本来は「self-sacrifice」とすべきなのでしょうが、キアヌ・リーブス主演の二〇〇五年の映画『コンスタンティン』のラストシーンで、ピーター・ストーメア演じるルシファーが忌々《いまいま》しげに呟《つぶや》く「sacrifice」のセリフがとても印象的でしたので、拝借させていただきました。

［エピローグ／プロローグ］

訳有り劣等生の兄として、完全無欠な優等生の妹として魔法を教える高校に入学した二人は、こうして卒業した。

兄妹《きょうだい》としてではなく、婚約者同士として。

劣等生としてではなく、規格外の生徒として。

優等生は、最後まで優等生のまま。


達也《たつや》と深雪《みゆき》と、二人に関わった人々のその後は既に述べたとおりだが、ここでもう一度振り返っておこう。

達也《たつや》は魔法大学に進学した。ただ講義には最低限しか出席せず、多くの時間を巳焼島《みやきしま》の研究室で過ごしている。受講手続きはしたものの途中で出席を辞めてしまうことが多い彼は単位の取得状況も芳《かんば》しくなく、大学の成績面では間違いなく劣等生だった。

深雪《みゆき》は達也《たつや》と違って、大学でも優等生を続けている。ただ達也《たつや》と別行動になることが増えて、「二人のキャンパスライフ」を思い描いていた深雪《みゆき》はその点で不満を募らせていた。

深雪《みゆき》の護衛を任されたリーナは、魔法大学でも何時《いつ》も深雪《みゆき》と一緒にいる。その所為《せい》か深雪《みゆき》とリーナの二人は「白百合《しらゆり》と金の百合《ゆり》」と密《ひそ》かに呼ばれ、目の保養と妄想の対象にされていた。

ほのかと雫《しずく》は、魔法大学ではこれといって特徴の無い大学生活を送っている。ただ大学外では雫《しずく》が父親の代理として、北山家《きたやまけ》がスポンサーを務める恒星炉プラント関係の打ち合わせに出席するようになり、その際にほのかはお世話係兼ボディガードの名目で同行するようになった。もちろん、巳焼島《みやきしま》にも。

エリカは大人しく魔法大学に通う傍《かたわ》ら、長期休暇を利用して日本各地を巡っている。「武者修行なら世界よりも日本が先だ」と父親に諭された——と言うより、口喧嘩《くちげんか》の末父親に言い負かされたようだ。最初の夏休みに入る直前、彼女は「大学を卒業する前にあのクソ親父《おやじ》を打ち負かしてやる」と息巻いていた。

レオは一高の友人たちと疎遠になった。エリカはそれが不満なようだ（決して口にはしないが）。レスキュー大の授業に、魔法大学付属高校で学んだ魔法関係の知識はほとんど役に立たない。覚えなければならないことも多く、一人前のレスキュー隊員になる為《ため》に必死なのだと思われる。

最も急激に進展したのは、美月《みづき》と幹比古《みきひこ》の関係だろう。美月《みづき》は何時《いつ》の間にか、幹比古《みきひこ》の実家から専門学校に通うようになった。同棲《どうせい》ではなく、幹比古《みきひこ》の手伝いをしながら古式魔法について学んでいく内に、吉田家《よしだけ》の仕事も手伝うようになったのである。

美月《みづき》の家と幹比古《みきひこ》の実家はこの時代の感覚でいえばすぐ近くなのだが、若い女の子が夜遅く帰ってくるよりは泊めてもらった方が安全と度々吉田家《よしだけ》に宿泊する内に、住み込みになったのである。

美月《みづき》の両親は「責任さえちゃんと取ってもらえれば」というスタンスで、その発言を聞いた時には美月《みづき》よりも幹比古《みきひこ》よりも、幹比古《みきひこ》の父親が狼狽《ろうばい》していた。

達也《たつや》との殴り合いに敗れた将輝《まさき》はあの後、一高校医・安宿怜美《あすかさとみ》の治療を受け、特に入院することもなく四月には無事、魔法大学に入学した。男同士の勝負で深雪《みゆき》のことはすっぱり諦めた、かといえばそんなことはなく、達也《たつや》が不在がちなのを良《い》いことに性懲りもなく深雪《みゆき》に近付き、リーナに冷たく追い払われる日々を繰り返している。

その一方で、将輝《まさき》が通学用に借りている部屋には年下の美少女が頻繁に出入りしている。「頻繁」と言っても、毎日とか週三回とかの、本当の意味での高頻度ではない。ただ相手が中学生で金沢《かなざわ》在住となれば、二週間に一度でも「頻繁に」と言えるだろう。

将輝《まさき》の部屋に出入りしている二人の美少女。その内一人は彼の家族だ。中学三年生になった将輝《まさき》の上の妹、一条茜《いちじょうあかね》。しかしもう一人の方は、血縁者ではない。茜《あかね》と同じ、まだ中学三年生という点をいったん横に置いても、第三者から問題視されそうな相手だった。

茜《あかね》と一緒に、と言うより茜《あかね》に付き添われて将輝《まさき》の部屋に遠路遥々《はるばるあししげ》足繁く通っている美少女の正体は、劉麗蕾《リウ・リーレイ》。大亜連合から日本に亡命してきた、元国家公認戦略級魔法師である。

劉麗蕾《リウ・リーレイ》は現在、一条家《いちじょうけ》に身を寄せており茜《あかね》と同じ中学校に通っている。

無論、国防軍の遠隔監視付きだ。

当然将輝《まさき》の部屋を訪問する時も、離れた所から監視を受けている。相手の妹同伴とはいえ、金沢《かなざわ》の女子中学生が東京の男子大学生の自宅に通うのはモラル的に危うい絵面な気がするが、軍の監視下で問題にされていないということは、謂《い》わば当局公認のようなもの。

国防軍はもしかしたら、このまま将輝《まさき》が劉麗蕾《リウ・リーレイ》と特別に親しくなってくれれば、この亡命戦略級魔法師を日本の戦力に取り込めると考えているのかもしれない。

戦略級魔法師といえば、佐伯《さえき》少将が画策した『戦略級魔法師管理条約』は、結局締結されることなく廃案となった。ドイツ、フランス、そして大亜連合が推進へ動いたが、USNAと新ソ連、そして最初に協力を約束したはずのイギリスが強く反対し、合意はならなかった。

その所為《せい》というわけでもないだろうが、ドイツ、フランスを中心とする大陸ヨーロッパ諸国は魔法師に対する締め付けを強めている。

北海道《ほっかいどう》に派遣された佐伯《さえき》は一年で首都圏に戻ってきたが、その時には、中央から彼女の影響力は一掃されていた。

独立魔装大隊は独立魔装連隊に拡張改組され、佐伯《さえき》の腹心だった風間《かざま》中佐は大佐に昇進の上で連隊長に任命された。その代わり、佐伯《さえき》と縁を切ることを陸軍総司令官の蘇我《そが》大将に求められ、風間《かざま》はこの条件を受《う》け容《い》れた。

大隊時代の風間《かざま》の部下、真田《さなだ》と柳《やなぎ》、山中《やまなか》はそのまま独立魔装連隊に残ったが、副官だった藤《ふじ》林《ばやし》は国防軍を退役した。

軍服を脱いだ藤林《ふじばやし》は、真夜《まや》の誘いに応じて四葉家《よつばけ》に身を寄せる。彼女は当主の真夜《まや》から直々に与えられた課題である「情報ネットワークの研究」に取り組む傍《かたわ》らで、過去の交流から達也《たつや》と組んで仕事をすることも多く、彼のチームの一員と見做《みな》されるようになった。

そんな風に、表面上平和な日々が二年間続いた。

そして二年後。二十一世紀最後の年――。

◇◇◇

西暦二一〇〇年。

深雪《みゆき》とリーナは春休みが始まると同時に巳焼島《みやきしま》へやって来た。

達也《たつや》は後期試験のほとんどをパスして、早々とこの島に引きこもっている。そんな真似《まね》が許されるのは、大学の単位とは別に彼が残している巨大な実績があるからだ。

一昨年には、魔法式保存効果を持つ人造レリックの量産技術を確立。

去年は『事象干渉力霊子《プシオン》波理論』の提唱と証明。

立て続けに積み重ねられる偉業に、大学当局者も文句を言えないでいた。

今回、深雪《みゆき》とリーナは伊豆《いず》諸島《しょとう》のこの島に遊びに来ているのではない。彼女たちは達也《たつや》と三人で、ある大規模魔法にずっと取り組んでいたのだ。

そして今日、四月一日午前五時。彼らの大魔法は、最後の仕上げを迎えていた。

達也《たつや》、深雪《みゆき》、リーナの順番で、地下深くへと続く階段を下りていく。この先には重犯罪魔法師を閉じ込める為《ため》の監獄がある。極めてレベルが高い精神干渉系魔法を持つ重犯罪者の幽閉用に造られた特殊監獄だ。

「ここにミノルとミナミが眠っているのね……」

扉の前でリーナが独り言を漏らす。彼女が言うように、この監獄は三年前の夏から光宣《みのる》と水波《みなみ》が安眠する寝室となっていた。

左手に小さな旅行バッグを提げた達也《たつや》が、右手で扉を開けて中に入る。

深雪《みゆき》とリーナが神妙な表情でその後に続く。

三人の視線の先には、趣味の良い《い》ダブルベッドに寄り添って眠る光宣《みのる》と水波《みなみ》の姿があった。

光宣《みのる》と水波《みなみ》は横向きに抱き合う体勢で横になっている。水波《みなみ》が達也《たつや》たちに背を向け、光宣《みのる》が顔を見せている状態だ。

光宣《みのる》たちの姿は、三年前と少しも変わっていない。食事も水も口にしていないはずだが痩せ細ってはおらず、眠り続けたことで衰弱した様子も無い。

まるで、時間が止まっているようだった。

「達也《たつや》様」

この二年の間にようやく定着した呼び方で、深雪《みゆき》が達也《たつや》に話し掛ける。

「二人とも、生きているんですよね？」

「生きているはずだ。眠りにつく前、光宣《みのる》に見せてもらった魔法式を解析したところ、冬眠というより精神の時間を止まっているに等しいレベルまで減速する魔法のようだ。精神活動が減速することにより、肉体の時間も減速する。お前のコキュートスと原理的には同じものと言えるだろう」

「精神活動が減速？　では、二人とも何も考えていないのですか？」

「光宣《みのる》は夢を見ると言っていたが、本当は何の苦しみもない、ただ安らかな眠りを求めていたのだろうな。もしかしたらパラサイトは、この状態でも夢を見られるのかもしれないが」

「そうですか……」

深雪《みゆき》が痛ましげに呟《つぶや》く。リーナも似たような顔をしている。

「起こしてあげなければなりませんね」

「そうだな。もう、眠り続ける必要は無くなった。――深雪《みゆき》」

達也《たつや》の声に、深雪《みゆき》がしっかりと頷《うなず》く。この三年間、正確には二年半、達也《たつや》は多忙な中で何とか時間を捻出して、光宣《みのる》の冬眠魔法の原理とシステムを解明してきた。

その成果が、深雪《みゆき》のCADにプログラムされている。

「光宣《みのる》君、水波《みなみ》ちゃん、起きなさい。貴方たちの朝よ」

深雪《みゆき》が手にするCADから、起動式が出力される。

魔法式の構築は、一瞬で完了した。昨日から何度も練習を重ねた努力の賜《たまもの》だろう。

そして深雪《みゆき》の、精神覚醒魔法が発動する。

光宣《みのる》の精神減速魔法の効果を打ち消す魔法。これが、達也《たつや》が光宣《みのる》の魔法を研究した末に導き出した「解決策」だった。

「う……んっ」

先に目覚めの兆候を見せたのは水波《みなみ》。

「……深雪《みゆき》、さん？」

だが瞼《まぶた》を開いたのは光宣《みのる》が先だった。

「ええ、光宣《みのる》君。朝よ」

「どういうことです……？」

光宣《みのる》が状況を呑《の》み込《こ》めないという顔で身体《からだ》を起こす。

光宣《みのる》の動作に刺激されたのだろう。水波《みなみ》が、もぞもぞと動き出した。

「……深雪《みゆき》さま？」

上体を起こし振り返った水波《みなみ》が、寝惚《ねぼ》けた声で深雪《みゆき》の名を呟《つぶや》く。

「――深雪《みゆき》さま⁉」

そのすぐ後に、水波《みなみ》は驚愕《きょうがく》によって完全に覚醒した。

「お、おはようございます。……達也《たつや》さまも⁉　何故《なぜ》こちらに⁉」

水波《みなみ》が急いで立ち上がろうとして、途中でよろめく。それを、既に立ち上がっていた光宣《みのる》が横から支える。彼の身体《からだ》は長期の睡眠による影響を受けていないように見えた。

「詳しい話は着替えてからにしよう」

二人の格好は、水波《みなみ》が純白のオーガンジーを幾重にも重ねて透明感がありながら肌が透けて見えないようにした、ウェディングドレスを連想させるエレガントなネグリジェ。光宣《みのる》の方はやはり白一色の、光沢のある生地で仕立てられたオープンカラーのパジャマだった。

どちらも肌の露出は抑えられているが所詮はナイトウェア、外に出られる服装をしている達《たつ》也《や》たちを前にすれば居心地の悪さは否《いな》めない。

達也《たつや》が手に提げていた鞄《かばん》を渡す。中には二人の着替えが入っていた。

「いったん部屋の外に出ている。着替え終わったら呼んでくれ。時間は気にするな。シャワーを浴びても良いぞ」

「その必要は……いえ、分かりました」

光宣《みのる》はすぐにでも話を聞きたかったのだが、水波《みなみ》が着替えたそうにしているのを感じて指示に従うことにした。

着替えには五分も掛からなかった。二人ともシャワーを使った形跡は無い。ただ水波《みなみ》はしっかりと髪を整え、エチケット程度のメイクも済ませている。男女同じ部屋での着替えを、水波《みなみ》は気にしなかったようだ。

光宣《みのる》の顔には赤面の痕跡が残っているから、彼の方は恥ずかしかったのだろう。

「達也《たつや》さん、教えてください。どうやって僕たちを起こしたんですか？」

「それが先か？　心配するな、副作用が生じるような起こし方はしていない」

光宣《みのる》が心配しているのは、精神冬眠の魔法を無理矢理破られて、水波の精神がダメージを受けている可能性だった。

「——分かりました。信じます」

もっとも、光宣《みのる》が何も感じていない以上、論理的に考えれば水波《みなみ》にも異常は無い。光宣《みのる》は技術的な疑問を残しつつ、「副作用が無い」という達也《たつや》の言葉を受《う》け容《い》れた。

「では、何故《なぜ》僕たちを起こしたんですか？」

「眠らせておく以外の、新たな選択肢が準備できたからだ。その道を選ぶか、再度眠りにつくか。お前たちの選択を確かめたかった」

「新たな選択肢、ですか……？」

俄《にわか》には信じられないという表情で、光宣《みのる》が達也《たつや》の言葉を繰り返す。

「話を聞く気が有るなら、ついてこい」

達也《たつや》が合図して深雪《みゆき》とリーナを先に部屋から——特殊監獄から出す。

背を向けた達也《たつや》が、開いた扉を手で押さえて振り向いた。

光宣《みのる》は躊躇《ためら》いがちに足を踏み出し、水波《みなみ》は彼の後に続いた。


達也《たつや》が光宣《みのる》と水波《みなみ》を連れて行った先は、四葉家《よつばけ》の施設が集まっている西岸地域でもプラントが立ち並んでいる東岸地域でもなかった。

まだ建物が建っていない、平らに整地されただけの南岸地域。

そこには全長約百七十メートル、最大幅約二十メートルの大型潜水艦が陸揚げされていた。

「これは一体……?」

「三年前、この島に攻撃を仕掛けて俺が沈めた新ソ連の潜水艦『クトゥーゾフ』を宇宙船に改造した物だ。名前は『高千穂《たかちほ》』。宇宙船と言っても地球の衛星軌道を少し移動する程度の推力しか持っていないんだがな」

「……こんなに大きな物を、一体、何に使うんですか?」

「衛星軌道ステーションとして使う。いや、宇宙ステーションと表現するより宇宙住宅の方が適切か」

「これを……宇宙に打ち上げるつもりなんですか? 一体、どうやって……?」

「俺たちは魔法師だ。ならば手段は決まっている」

光宣《みのる》の呆然《ぼうぜん》とした口調の問い掛けに、達也《たつや》は当然という顔で答える。

「こんなに大きな物を、魔法で？」

「もちろんこのまま打ち上げるつもりはない」

達也《たつや》は特に得意げな素振りは見せず、ただいつものように右手を陸に上がった元潜水艦の巨体に向けた。

潜水艦『クトゥーゾフ』改め、宇宙船『高千穂《たかちほ》』が、静かに分解されていく。

乱暴に落ちるのではなく、整然と、これから組み立てようとする部品を並べるように、地面に各パーツが整列する。

一分間余りの時間を要して、『高千穂《たかちほ》』は最大で十メートル四方の部品に変わった。

「これを高度六千四百キロメートルに移動させて、そこで再組立する。こういう風にな」

達也《たつや》が今度は、地面に並んだパーツに左手を向ける。

すると、先程の光景を3Dビデオで逆再生したように、大型宇宙船が組み上がっていく。

組み立てに要した時間は、分解時の約半分だった。

さすがの光宣《みのる》も、これには言葉を失った。水波《みなみ》と仲良く呆気《あっけ》に取《と》られた表情で、潜水艦の外観を残した宇宙船を見上げている。

「光宣《みのる》、水波《みなみ》」

「は、はい。何でしょう」

慌てて返事をしたのは、メイド時代の習慣をまだ忘れていない水波《みなみ》だった。

「残念ながら地上に、お前たちが平和に暮らしていける場所は無い」

「……はい」

水波《みなみ》が表情を消して頷《うなず》く。

光宣《みのる》はもう、達也《たつや》が何を言おうとしているのか見当がついたようで、難しい顔をして考え込んでいる。

「確かに、あのまま眠り続けるのも一つの道だろう。時代が変われば、パラサイトが普通に生活できる国ができるかもしれない」

「だけどそれは今じゃない。僕たちは時代に取り残された流離《さすら》い人になる」

光宣《みのる》が達也《たつや》のセリフを先取りする。

「そうだ」

「だったら、宇宙で暮らしてみないか……。達也《たつや》さんはそう仰《おつしや》りたいんですね？」

「少し違う。宇宙に行っても、地上に降りられないわけじゃない。俺の計算が間違っていなければ、ここはかなり自由に——具体的には一日に五回、行き来できるはずだ。ただ安心できる住まいを……そうだな、言葉は悪いが『隠れ家』を宇宙に持ってみないか、という提案だ」

「ずっと宇宙に閉じ込められるわけじゃないんですか？」

「俺は、お前たちを宇宙に追放するつもりはない」

光宣《みのる》の視線をしっかりと受け止め、達也《たつや》は力強く言い切った。

ただ、達也《たつや》の言葉には多少の含みがあった。それは隠し事を示すものではなく、USNA政府のパラサイトに対する措置が頭にあったからだ。

レイモンドをはじめとするパラサイトの生き残りを、アメリカ政府は火星探査船に乗せて次々と宇宙へ送り出した。生命維持と通信の手段は備わっていたが、帰還手段が用意されていないあからさまな地球からの追放だ。

それでもレイモンドは喜んで宇宙船に乗ったと聞く。彼は元々、魔法による宇宙開発という夢を持っていた。それが思い掛けない経緯で実現したのだ。彼は今、ある意味で幸せなのかもしれない。

しかし達也《たつや》は光宣《みのる》を、それ以上に水波《みなみ》を、その様な境遇に落とすつもりはなかった。

「高千穂《たかちほ》の動力源は恒星炉だ。光宣《みのる》の魔法力なら、問題無く動かせるだろう。補助エネルギー源として太陽光発電システムも備わっている。船内は人造レリックを利用した人工重力システムで地上と同じ重力に保たれる設計になっている。百年は快適に暮らせるはずだ」

「補給は地上から受けられるんですか？」

「その為《ため》に仮想衛星エレベーターの魔法を開発した。このエレベーターは物資の遣《や》り取《と》りだけでなく、地上との行き来にも使える」

「そんなものまで……。もしかして、僕たちの為《ため》に？」

達也《たつや》は光宣《みのる》の眼差《まなざ》しから目を逸《そ》らさず、無言で頷《うなず》いた。

「達也《たつや》さん……」

光宣《みのる》が顔を逸《そ》らし、目元を袖で拭う。ふと横を見ると、水波《みなみ》が無言で涙を流していた。

「……光宣《みのる》君、水波《みなみ》ちゃん、是非中を見てちょうだい。内装はわたしがデザインしたの。気に入ってもらえると嬉《うれ》しいわ」

貰《もら》い泣《な》きなのか、深雪《みゆき》も少し目が赤くなっていたが、彼女は明るく笑って光宣《みのる》たちを宇宙船『高千穂《たかちほ》』の中に誘った。


『高千穂《たかちほ》』から出てきた光宣《みのる》と水波《みなみ》は、達也《たつや》の前に並んで真《ま》っ直《す》ぐに彼の顔を見上げた。

「達也《たつや》さん、僕たちは宇宙に行きます。いえ、僕たちを宇宙に連れて行ってください」

「お前たちを宇宙へ送り出すのは、俺の力じゃない。俺は宇宙で船を組み立てるだけ。宇宙へ連れて行くのは深雪《みゆき》とリーナだ」

「分かりました。達也《たつや》さん、深雪《みゆき》さん、リーナさん、よろしくお願いします」

光宣《みのる》と水波《みなみ》が、仲良く一緒に頭を下げた。


再び分解された宇宙船のパーツが地面の上に並べられる。

その内の一つが大気圏再突入も可能な気密室になっており、光宣《みのる》と水波《みなみ》はその中に入った。

「では、カウントダウンを開始する」

達也《たつや》がそう告げると同時に、パーツの群れを挟み約二百メートル離れて向かい合っている深雪《みゆき》とリーナの全身から想子光《サイオンこう》があふれ出した。

その光に炙《あぶ》り出《だ》されたように、巨大な幾何学模様が真っ平らに整地された地面に浮かび上がる。円に内接する正八角形を基本としたその図形は、宇宙船のパーツを全て中に収めていた。

それは、巨大な魔法陣だった。

古式魔法に伝わる魔法陣ではなく、達也《たつや》が一から設計した刻印魔法の陣だった。

「……八、七、六、五、四」

カウントダウンが進むにつれて、魔法陣に事象干渉力が満ちていく。

この魔法陣が何か、気密室の中に入った光宣《みのる》も理解した。

これは超大型、超長距離『疑似瞬間移動』の為《ため》の魔法陣だ。

『疑似瞬間移動』に加えて、移動完了後に衛星軌道を周回する為《ため》の速度を与えるプロセスも組み込まれている。

「三、二、一」

達也《たつや》のカウントが進み、

「ゼロ」

最後のカウントが告げられた瞬間、光宣《みのる》と水波《みなみ》は、想像したことも無いような大規模魔法に包まれていた。

地上から宇宙船『高千穂《たかちほ》』のパーツが次々と消える。

最後に光宣《みのる》と水波《みなみ》を乗せた気密室が消えた直後、達也《たつや》が天上に向けて左手を差し伸べた。

彼の『眼《め》』は光宣《みのる》を、水波《みなみ》を、『高千穂《たかちほ》』のパーツを残らずトレースし続けている。

達也《たつや》から天の頂きへ、魔法が放たれた。

『再成』の発動。


彼の固有魔法は、全長百七十メートルの宇宙船を、六千四百キロメートル彼方《かなた》で復元した。


——一分後、達也《たつや》の通信機に着信があった。

『達也《たつや》さん、光宣《みのる》です』

それは予定どおりの、待ち望んだ声。

『深雪《みゆき》さま、水波《みなみ》です』

深雪《みゆき》の端末には、水波《みなみ》からの通信が入っていた。

『全て異常ありません。太陽光パネルも正常に展開を終えました』

『恒星炉、無事始動しました。人工重力も問題無く発生しています』

その声は地上の三人、全員に共有されていた。

達也《たつや》が、深雪《みゆき》が、リーナが、心から胸を撫《な》で下《お》ろす。

こうして彼ら魔法師の、世界と宇宙を股に掛けた、新しい「時代」が始まった。

〔『メイジアン・カンパニー』へ続く〕

高校生活に幕が下り——
物語は新たな舞台へと移り変わる！
新・魔法科高校の劣等生
キグナスの乙女たち（仮）
佐島 勤
OFFICIAL WEB SITEにて
前日譚掲載中！
電撃文庫
新規2シリーズ展開決定‼
イラスト／石田可奈

劣等生の兄と優等生の妹の波乱の
続・魔法科高校の劣等生
メイジアン・カンパニー
2020年10月発売！
『魔法科高校の劣等生』

魔法科高校の劣等生
最終巻 発売おめでとうございます!
進級してるし、そりゃ卒業するよねーとは思うのですが
最終巻と聞いておどろいた私です。
また別の舞台での達也たちの活躍、期待しています!
佐島先生、石田先生、お疲れ様でした!
きたうみーな

魔法科高校の劣等生
完結おめでとうございます!!
毎巻、ワクワクしながら楽しませて頂きました。
この作品にコミカライズという形で
関われてとても幸せです。
佐島勤先生、石田可奈先生
お疲れ様でした!!
柚木N'

魔法科高校の劣等生
完結おめでとうございます!!
素晴しい作品をありがとうございました
天羽銀、

魔法科高校の劣等生
完結おめでとうございます!

「魔法科高校の劣等生 来訪者編」のコミカライズを
描かせていただきまして、有り難うございました。
魔法科の連載は私にとって大変思い出深く
感謝ばかりのものとなりました。
佐島先生、長い間お疲れさまでした。
そして本当にどうも有り難うございました。
マジコ！

佐島勤先生
魔法科高校の劣等生ご執筆
お疲れ様でした…!!!
刊行されるスピードに
感銘を受け続けて
おりました。
毎巻白熱するバトルシーンは
何回も読んで
しまいます。
この作品に関わる
ことが出来本当に
感謝申し上げます。
素晴らしい作品を
ありがとうございました
…!!!
蒼和伸

佐島 先生
「魔法科高校の劣等生」
最終巻 発売おめでとう
ございます！
素晴らしい物語を
ありがとうございました…！
竹田
羽角

「魔法科高校の劣等生」
完結
おめでとうございます!!
ピナケス

「魔法科高校の劣等生」
完結おめでとうございます!
森夕

「魔法科高校の劣等生 32巻」
発売&完結おめでとうございます！
新シリーズでも達也と深雪が
どんな活躍をしていくのか、そして
どんな新キャラクターたちが
登場し二人と絡んでいくのか
今からすごく楽しみにしています!!
tamago

魔法科高校の劣等生
祝 完結!!!
長期間の執筆、お疲れ様でした。
イチ読者として楽しませて頂いていた
私にとって、
"暗殺計画"コミカライズとして
少しでも関わることができたこと、
大変光栄に思っております！
魔法科は完結しても、一生忘れられない、
色褪せることのない物語です。
最高の作品をありがとう
ございました!!
一乃ゆゆ

◉佐島　勤著作リスト

「魔法科高校の劣等生①〜㉜」（電撃文庫）

「魔法科高校の劣等生SS」（同）

「魔法科高校の劣等生　司波達也暗殺計画①〜③」（同）

「ドウルマスターズ1〜5」（同）

「魔人執行官《デモーニック・マーシャル》　インスタント・ウィッチ」（同）

「魔人執行官《デモーニック・マーシャル》2　リベル・エンジェル」（同）

「魔人執行官《デモーニック・マーシャル》3　スピリチュアル・エッセンス」（同）

本書に対するご意見、ご感想をお寄せください。

ファンレターあて先
〒102-8177　東京都千代田区富士見2-13-3
電撃文庫編集部
「佐島 勤先生」係
「石田可奈先生」係

本書は書き下ろしです。